Katja Reider / Constantin Kilian

Das erste Mal lieben

cbt

DIE AUTOREN

Foto: © privat

Katja Reider arbeitete als Pressesprecherin eines großen Jugendwettbewerbs, bevor sie zu schreiben begann. Sie lebt mit ihrer Familie in Hamburg.
Mehr zu Katja Reider unter: www.KatjaReider.de

Foto: © privat

Constantin Kilian lebt als Autor und Regisseur in München. Neben Drehbüchern fürs Fernsehen schrieb er Romane und zwei Theaterstücke. Er hat einen sechzehnjährigen Sohn.

Der zweite Band unter dem Titel »Das erste Mal lieben – Das erste Mal streiten« erscheint im Januar 2005 bei cbt.

Katja Reider / Constantin Kilian

Das erste Mal lieben

cbt

cbt

Band 30151

cbt – C. Bertelsmann Taschenbuch
Der Taschenbuchverlag für Jugendliche
Verlagsgruppe Random House

www.bertelsmann-jugendbuch.de

Umwelthinweis:
Alle bedruckten Materialien dieses Taschenbuches
sind chlorfrei und umweltschonend.

2. Auflage
Originalausgabe August 2004
Gesetzt nach den Regeln der Rechtschreibreform

Umschlagbild: image bank/getty images, München
Umschlagkonzeption:
init.büro für gestaltung, Bielefeld
go · Herstellung: IH
Satz: Uhl + Massopust, Aalen
Druck: Clausen & Bosse, Leck
ISBN 3-570-**30151**-6
Printed in Germany

1

Marie, Telefon für dich! MARIE!«

Himmel, warum schreit Mama immer gleich so! Oder war ich etwa eingeschlafen? Leicht benommen schwinge ich mich vom Sofa, laufe die Treppe runter und schnappe mir den Hörer.

»Wieso hat das denn so lange gedauert?«

Robert. Natürlich. Und mal wieder mit diesem leicht quengeligen Unterton in der Stimme, der mich wahnsinnig macht.

»Ich war wohl eingeschlafen.«

»Kleine Schlafmütze, warst wohl gestern Abend noch länger unterwegs?« Er bemüht sich um einen leichten Ton, aber ich kenne ihn zu gut, weiß genau, was dahinter steckt.

»Ich war bei Sara, hatte ich dir doch erzählt.«

»Zu Hause?«

»Wir waren noch zusammen im *Gipsy*, aber nicht lange.«

Energisch streiche ich mir die Haarsträhne, auf der ich herumgekaut habe, hinters Ohr und wechsle das Thema. »Und wie war dein Seminar?«

»Einführung in das Studium der Physik – ich könnte mir was Interessanteres vorstellen. Außerdem habe ich dich vermisst, Kleines.«

»Ach, komm«, ich versuche, den Spieß umzudrehen,

»da waren doch bestimmt jede Menge toller Mädchen in deinem Seminar.«

Er lacht. »Du weißt doch, wie wenig Frauen Physik studieren, und außerdem schaue ich keine an außer dir.«

Manchmal kann ich es einfach nicht mehr hören. Dabei haben mir diese Beteuerungen noch vor einem halben Jahr, als ich Robert kennen lernte, unheimlich gefallen. Es klang so erwachsen… so sicher. Mit seinen beeindruckenden neunzehn Jahren schien Robert schon genau zu wissen, was er wollte – nämlich mich, Marie Färber, schlappe fünfzehn, mittelgroß, blass, blond, bisher ohne elementare Kurven, dafür mit einer Neigung zu hektischen roten Flecken am Hals…

»Was ist denn los? Bist du schlecht drauf?«

»Ist doch kein Wunder, morgen geht die Schule wieder los.«

»Na komm, du hattest volle sechs Wochen Ferien, kannst dich doch echt nicht beschweren.«

Manchmal klingt Robert wie mein Vater.

Schweigen.

»Soll ich dich morgen früh abholen und zur Schule fahren – als kleines Trostpflaster sozusagen?«

»Aber dafür müsstest du doch extra aus Köln hierher kommen.«

»Na und? Du weißt doch, Autofahren macht mir nichts aus.«

Manchmal ist er wirklich unglaublich lieb. Sofort habe ich ein schlechtes Gewissen, dass ich eben so abgenervt war. Robert ist tatsächlich bereit, morgen um sechs Uhr früh aufzustehen, um die Diva drei Kilometer zur Schule zu fahren.

»Du bist echt lieb, weißt du das?«

Er lacht. »Ja, weiß ich, also bis morgen! Ich bin gegen halb acht bei dir.«

Natürlich ist er pünktlich. Und natürlich ist er, im Gegensatz zu mir, frisch, gut gelaunt und ausgeschlafen. Er gibt mir einen Kuss auf die Nasenspitze und hält mir die Beifahrertür auf. Wohlig kuschele ich mich in den weichen Sitz. Das ist schon was anderes, als diese anstrengende Steigung zur Schule hochzuradeln. »Können wir noch Sara abholen? Ist doch auf dem Weg.«

Robert blickt auf die Uhr. »Die ist doch bestimmt schon unterwegs. Außerdem haben wir so wenigstens noch drei Minuten für uns.«

»Und außerdem kannst du Sara nicht besonders gut leiden.«

Ich beiße mir auf die Lippen. Dieses Thema wollte ich eigentlich mal zu einem günstigeren Zeitpunkt anschneiden.

Robert sieht mich überrascht an. »Quatsch, ich kenne deine Freundin doch kaum. Ich denke nur manchmal … ach, egal.« Schwungvoll fährt er die Auffahrt zur Schule hoch. »So, da sind wir. Tschüss, meine Süße.«

Robert zieht mich in seine Arme und küsst mich. Aber ich bin verkrampft, fühle mich viel zu sehr beobachtet. Jetzt, kurz vor Schulbeginn, rennen hier vor dem Portal jede Menge Leute rum.

Plötzlich bollert eine Hand gegen die Scheibe. »Darf ich auch mal?« Natürlich, Body-Bills feixendes Gesicht. Der Muskelmann der Schule muss mal wieder abnerven!

Ich löse mich von Robert, greife mir meine Tasche und drücke die Autotür so rasch auf, dass Bill zur Seite springen muss.

»Hey hey, sechs Wochen Ferien und immer noch so leicht reizbar ...!«

Wie so oft fällt mir keine passende vernichtende Antwort ein und ich beschränke mich auf einen kurzen, und wie ich hoffe, eiskalten Blick. Diesen Blick habe ich letztens mit Sara stundenlang vor dem Spiegel geübt. Mit Erfolg. Darin schlage ich sie locker um Längen!

Ich versenke meine Hände in meiner Jackentasche und schaue mich suchend um. Aus irgendeinem Grund möchte ich den anderen in meiner Klasse heute Morgen nicht alleine begegnen. Immer dieses nervige Gerede und Geschwätz nach den Ferien. Besser zu zweit aufkreuzen. Ah, da vorn ist Sara. Ihre dunklen Locken leuchten rötlich in der Sonne. Unwillkürlich greife ich in meine langen blonden Strähnen und versuche, sie etwas aufzuplustern. Vergeblich, wie ich weiß. Himmel, was würde ich geben für Saras Haare! Ich kämpfe mich durch das Getümmel zu ihr hindurch. Sara. Seit fünf Jahren sind wir einfach unzertrennlich. Wenn sie zwei Wochen verreist ist, fühle ich mich wie auf einer einsamen Insel. Kaum auszuhalten!

Sara zieht mich hinter sich die Treppe rauf. »Wo hast du denn dein Fahrrad abgestellt?«

»Robert hat mich gefahren.«

»Wie reizend von ihm.«

Ich puffe sie in die Seite. »Wir hatten uns schließlich drei Tage nicht gesehen.«

»Wie schrecklich!« Sie grinst. »So, es gibt eine gute und eine schlechte Nachricht. Welche willst du zuerst hören?«

»Angie ist mit ihren Eltern in den Ferien nach Timbuktu gezogen.«

Sara sieht mich irritiert an. »Hä?«

Ich zucke die Schultern. »Das wär doch mal 'ne wirklich gute Nachricht.«

»Blödkopf! Nein, die gute ist: Wir haben heute nur vier Stunden, weil die Schostak krank ist. Die schlechte Nachricht: Der Nervkloß Body-Bill ist bei uns in der Klasse gelandet. Er ist hängen geblieben und zwei andere Typen auch.« Sara stößt die Tür zum Klassenraum auf. »Die beiden da hinten. Schau mal unauffällig rüber.«

Über Saras Schulter hinweg mustere ich die »Neuzugänge«. Den Größeren mit den dunklen Locken kenne ich vom Sehen. Er spielt in unserer Schulband. Tom heißt er, glaube ich. Aber der andere ist mir nie aufgefallen, er hat längere, glatte Haare und ist etwas kleiner als Tom. Im Moment steht er mit dem Rücken zur Klasse und scheint völlig in das Gespräch mit seinem Freund vertieft zu sein.

»Alles klar, Jungs?« Body-Bills Stimme ist immer so laut, als spräche er bei einer Massenkundgebung. Grob pufft er die beiden anderen in die Seite.

»Na, nicht übel, unsere Neuen, was?«

Ich brauche mich gar nicht erst umzuschauen. Diese betont rauchige Stimme ist unverkennbar. »Hallo, Angie, schöne Ferien gehabt?«

»Kann man wohl sagen.« Angie, die Klassen-Sirene, verdreht vielsagend die Augen. »Ich war mit meiner Kusine und ihrem neuen Lover in Südfrankreich. Ich sag euch, das ist echt was anderes als Urlaub mit Mami und Papi…«

Rasch holt sie einen Handspiegel aus ihrer Tasche, zieht sich sorgfältig die Lippen nach und zupft ihr knallenges, bauchfreies Top zurecht. Unauffällig schiele ich in ihren Ausschnitt. Ob sie einen Push-up-BH anhat? Bestimmt! – In meinem dunkelblauen T-Shirt und dem weiten hellen Rock fühle ich mich plötzlich wie beim Kindergeburtstag. Schnell schlüpfe ich auf meinen Platz zwischen Sara und Nils.

Sara deutet unauffällig rüber zu den drei Neuen, die noch immer am Fenster stehen und rumblödeln. »Das muss 'ne ganz schön dämliche Situation sein für die, meinst du nicht?«

Ich zucke die Achseln. Body-Bill, wie gewöhnlich in Military-Hose und ärmellosem Shirt, scheint die allgemeine Aufmerksamkeit eher zu genießen. Aber die beiden anderen…?

Während ich noch rüberschaue, wendet sich der mit den längeren Haaren plötzlich um und begegnet direkt meinem neugierigen Blick. Rasch schaue ich an ihm vorbei und versuche, so zu tun, als gäbe es draußen was Interessantes zu sehen. Die drei brechen in ein unbändiges

Gelächter aus. Body-Bills Hand knallt auf Toms Schulter.

»Mann, ist das ein öder Kindergarten hier! Kommt, wir verziehen uns in die hinteren Reihen. Da haben wir wenigstens unsere Ruhe!«

Ich schaue nicht mehr zu ihnen herüber, bis Rust, der neue Klassenlehrer, den Raum betritt.

Heute ist der erste Schultag in der neuen Klasse. O Mann, wie das wohl werden wird?

Ich hab mich auf die vorletzte Bank gesetzt, neben Tom, meinen Freund. Hinter uns sitzt nur noch Bill, er hat einfach die zwei letzten Bänke mit Beschlag belegt, ohne groß zu fragen. Die meisten Mädchen sitzen vorne, die Jungs eher hinten, nur zwei Bänke sind gemischt. Schräg vor mir sitzt ein großes Mädchen mit einem hautengen Pullover, der den Bauch frei lässt und über den Brüsten spannt. Sie wirkt älter und ist auch viel besser gebaut als die anderen Mädchen in der zehnten Klasse. Bill hat mich gleich in die Seite gerempelt, als wir hereinkamen und er die scharfe Frau entdeckte.

Body-Bill ist der Älteste von uns dreien, er ist schon achtzehn; bei ihm ist es bereits die zweite Ehrenrunde, Tom und ich müssen zum ersten Mal eine Klasse wiederholen, aber wenigstens bleiben wir so zusammen.

Der neue Klassenlehrer steht vorne am Pult und liest der Reihe nach die Namen der Schüler vor: »Angela Kossmann.«

Das Mädchen mit den scharfen Kurven erhebt sich ganz

langsam und flötet: »Ich heiße Angie… Herr Rust, das müssten Sie doch langsam wissen.«

Ihre rauchige Stimme lässt mir einen Schauer über den Rücken fahren. Ihren Namen spricht sie aus wie »Äinschi«, dann schaut sie sich kurz um und wirft mir einen Blick zu. Ich weiß gar nicht, wie mir geschieht. Ich senke den Blick und schaue zu Boden. Mir ist ganz heiß, wahrscheinlich bin ich knallrot angelaufen. So ein Mist! Und ich habe gedacht, bei den Zwergen hier würde ich der King sein.

»Daniel Gering.«

Aua! Ein spitzer Ellbogen sticht mir in die Seite. Tom macht mir ein Zeichen, ich soll nach vorne schauen.

»Daniel Gering!!« Der Lehrer wiederholt meinen Namen.

Ich stehe auf und murmele: »Ja, hier… anwesend.«

Die Hälfte der Klasse lacht. Auf meine Kosten.

»Sie scheinen mir eher abwesend zu sein. Wo haben Sie denn Ihre Gedanken?«

»Ja, äh… ich war… ich hab gerade an etwas anderes gedacht.« O Gott, jetzt fange ich auch noch zu stottern an.

»Passen Sie in Zukunft besser auf. Wenn Sie wieder das Klassenziel nicht erreichen, haben Sie nicht mal die mittlere Reife.«

Blödmann! Das weiß ich auch. Was muss der mich gleich beim ersten Mal so dumm anreden. Aber ich bin selbst schuld, warum stelle ich mich auch so bescheuert an.

»Marie Färber.«

»Ja, hier…« Ein Mädchen links von mir steht auf. Sie hat lange blonde Haare, trägt ein T-Shirt und einen weiten Rock, von ihrer Figur kann man nicht viel sehen. Hat sie meinen

Tonfall nachgeahmt oder kommt mir das nur so vor? Sie sieht viel jünger aus als diese Angie. Fünfzehn, allerhöchstens sechzehn.

Ich bin vor zwei Wochen siebzehn geworden. Damit gehöre ich zu den Ältesten in der Zehnten. Die meisten sind fünfzehn oder grad mal sechzehn. Eigentlich bin ich ganz froh, nun zu den Älteren zu gehören, nachdem ich jahrelang einer der Jüngsten und Kleineren in der Klasse war. Oft waren die Mädchen einen halben Kopf größer als ich. Mädchen wollen doch von einem kleineren Jungen nichts wissen. Das ist Tatsache. Da führt kein Weg vorbei.

Ich finde es echt fies, dass die meisten Mädchen in unserem Alter fast zwei Jahre älter wirken. Kein Wunder, dass sie sich immer Freunde aussuchen, die älter sind als sie selbst.

Endlich ist die öde Vorstellerei vorbei, die ersten zwei Schulstunden sind überstanden. Mit Tom und Bill stehe ich im Pausenhof. Bill hat schon wieder 'ne Kippe im Mund, er raucht Kette. Er rempelt mich an und grinst in Richtung der Mädchengruppe, die sich um Angie gebildet hat. Die vier, fünf Mädels stehen etwa zehn Meter von uns entfernt und äugen des Öfteren zu uns Neuen herüber.

»Schaut euch dieses Chassis an, das ist der Wahnsinn!«

»Hey, geht's vielleicht noch lauter«, sage ich. »Muss doch nicht jeder hören, oder?«

»Was haste denn?«, sagt Bill. »Vielleicht steht die Braut auf direkte Anmache.«

Und tatsächlich dreht sich Angie genau in diesem Moment zu uns herum, als ob sie Bills Bemerkung gehört hat. Ganz langsam holt sie eine Packung Zigaretten aus ihrer Tasche, führt die Packung an ihren Mund, fischt mit den Lippen eine Zigarette heraus und blickt dann herausfordernd in unsere Richtung. Doch als ich genauer hinsehe, bemerke ich, dass sie nicht mich anschaut, sondern Bill. Sein Brustkorb scheint daraufhin noch ein Stückchen anzuschwellen, er stellt sich in Positur und lässt seine Muskeln spielen. In seinem schwarzen Muskel-Shirt macht er echt was her. Body-Bill trägt seinen Namen nicht zu Unrecht, seit etwa zwei Jahren geht er ins Fitnessstudio, macht Bodybuilding und schluckt irgend so ein komisches Pulver für den Muskelaufbau.

Er wirft uns einen stolzen Blick zu, greift in seine Hosentasche, holt sein Feuerzeug heraus und macht sich auf den Weg. Betont langsam geht er auf Angie zu und hält ihr sein Feuerzeug unter die Nase. Erst beim vierten oder fünften Mal funktioniert das Ding. Peinlich, peinlich.

Ich mag Bill gern, er ist ein netter Kerl, aber wenn's um die drei großen M's geht, Mädchen, Muskeln und Motoren, kann er echt nervig werden. Auch Tom verdreht schon die Augen. Ich ziehe ihn zur Seite.

»Komm, Tom, lass uns 'n ruhiges Plätzchen suchen. Ich komm mir vor, als ob uns alle begaffen.«

»Hast Recht«, sagt Tom, »setzen wir uns auf die Mauer.«

Die Mauer ist ein beliebtes Plätzchen im Pausenhof. In der Mitte des steinernen Areals befindet sich eine riesige Eiche mit ein wenig erhöhter Grünfläche rundherum, die von einer kleinen Steinmauer umgrenzt wird. Wir finden noch einen freien Platz, setzen uns und lassen die Beine baumeln. Die Morgensonne wärmt uns das Gesicht.

Nach einer Minute blicke ich zu Tom, der die Augen geschlossen hat. »Wie findest du denn die neue Klasse?«

»Ach, geht schon«, murmelt er, »sind ein paar nette Mädels drin, glaub ich.«

»Hm.«

»Und du?«

»Glaub auch«, sage ich.

»Aber sind sie auch hübsch genug...«, sagt er mit einem leise lachenden Unterton.

»Hm.«

Nun haben wir beide die Augen geschlossen. Ich spüre, wie Tom leicht zu grinsen beginnt.

Tom und ich verstehen uns mit wenigen Worten. Seit drei Jahren sind wir die besten Freunde, über die wichtigen Dinge brauchen wir nicht mehr viele Worte zu verlieren.

Als ich die Augen wieder aufmache, fällt mein Blick auf das Mädchen mit den langen blonden Haaren. Sie geht gerade an uns vorbei. Unsere Blicke treffen sich. Hat sie mich etwa beobachtet? Bestimmt hat sie Bills Bemerkung über den Kindergarten gehört und fand mein lautes Lachen darüber blöd.

Neben ihr geht ein hübsches Mädchen mit dunklen Locken. Die beiden stecken immer zusammen, scheinen wohl Freundinnen zu sein. Jetzt fällt mir wieder ein, wie sie heißt: Marie... schöner Name, passt zu ihr.

2

Nur vier Stunden Schule und ich bin schon wieder völlig schlapp. Ich muss mich richtig anstrengen, um mit Sara Schritt zu halten.

Locker schiebt sie ihr Rennrad neben mir her. »Okay, du lahme Ente, ich gehe ja schon langsamer!«

Sara wohnt nur ein paar Häuser weiter, deswegen können wir den Nachhauseweg immer nutzen, um alle wichtigen und unwichtigen Schulereignisse direkt durchzuhecheln.

»Dass uns dieser Rust immer noch aufstehen lässt bei der Vorstellungsrunde, finde ich zu albern!« Ich streiche meine verschwitzten Haare nach hinten. »Da fühlt man sich wie unterm Scheinwerfer.«

Sara zuckt die Achseln. »Vielleicht hat er das heute für die drei Neuen gemacht. Damit die wissen, wer wer ist, verstehst du?«

»Ach komm, so weit denkt der Rust doch gar nicht! Der träumt heimlich von den Zeiten, als die Schüler noch respektvoll strammstanden, wenn er sie aufgerufen hat.«

Sara beginnt zu kichern. »Aber Angies Auftritt war ja mal wieder super…«

Aufs Stichwort stelle ich mich in Positur, reiße mein T-Shirt hoch und präsentiere Sara herausfordernd meinen weißen Bauch. »Ich heiße Äiiiingiee…«, hauche ich, »Herr Rust, das müssen Sie doch jetzt langsam wissen!«

Schmollend schiebe ich meine Lippen vor und drohe Sara neckisch mit dem Finger. Die kringelt sich über ihrem Fahrrad. »Hör auf, ich platze gleich!«

Immer noch kichernd, gehen wir weiter.

»Hast du gesehen, wie der Neue, dieser Daniel, auf Angie reagiert hat?«, fragt Sara.

»War ja nicht zu übersehen, ein Blick von ihr und er war hin. Dabei sieht er gar nicht so aus...«

Fragend schaut mich Sara an. »Wie meinst du das?«

»Na ja«, ich überlege, »als ob er auf primitive Anmache steht.«

Sara schüttelt energisch den Kopf. »Ach Quatsch: Viel nackte Haut, Busen und den Jungs das Gefühl geben, dass sie tolle Hechte sind... da stehen doch alle drauf, ob sie's jetzt zugeben, so wie Body-Bill, oder nicht.«

»Ich vertraue darauf, dass es da noch ein paar seltene Ausnahmen gibt«, sage ich. »Hast du übrigens mitgekriegt, dass Bill uns als ›Kindergarten‹ tituliert hat?«

Sara zuckt die Achseln. »Den nehme ich gar nicht mehr ernst, aber dass sich die beiden anderen so an ihn dranhängen, finde ich blöd! Dieser Tom hat das doch echt nicht nötig, der ist wirklich süß mit seinen dunklen Locken, und Daniel...«

»... dem war Bills Spruch doch schweinepeinlich«, sage ich. »Ich hab das genau gefühlt, obwohl er mitgelacht hat.«

»Du immer mit deinen Gefühlen«, lacht Sara und schwingt sich auf ihr Rad. »So, ich muss los, holst du mich morgen früh ab oder kommt dein Chauffeur wieder?«

Ich strecke ihr die Zunge raus. »Nein, du Neidhammel, und guten Appetit bei ... äh«, ich überlege, »was ist denn heute? Zweiter Montag, also: Fischstäbchen.«

Wir machen uns immer darüber lustig, dass es bei Saras Mutter Essen nach Plan gibt: vierzehn Essen im Zweiwochenrhythmus. Grausig! Muss denn alles im Leben so festgelegt sein? Langsam gehe ich auf unser Grundstück. Aber zugegeben, viel besser ist es bei uns auch nicht: einkaufen, essen, aufräumen, fernsehen ... alles läuft nach dem ewig gleichen Plan ab. Wenn wir wenigstens mal einen richtig tollen Urlaub machen würden. So wie Angie – nach Cannes fahren ... Stattdessen verbringen wir jedes Jahr drei Wochen in Holland oder Österreich. Ich würde lieber mal kürzere, spannendere Reisen machen, nach Rom oder Paris oder so. Aber da ist mit meinen Eltern nicht zu reden.

»Wir brauchen einfach die Erholung, Marie! Und außerdem sind diese Städtereisen furchtbar teuer, das können wir uns jetzt, wo wir das Haus abzahlen müssen, nicht leisten.«

Ja, ja, das Haus ... immer muss es als Erklärung herhalten für all die Dinge, die ich mir verkneifen soll: die Esprit-Jacke, das neue Fahrrad, die Telefoniererei mit Sara ...

»Hallo, Marie, schon zu Hause?« Mama steht am Herd und rührt hektisch in ihren Töpfen herum.

»Die Schostak ist krank.« Seufzend lasse ich meine Tasche auf den Boden fallen und sinke auf den nächstbesten Stuhl.

Mama wirft einen Blick über die Schulter. »Marie, tu mir den Gefallen, bring deine Tasche gleich nach oben und zieh die Schuhe aus, ja? Ich hab hier gerade …«

»… gewischt«, vollende ich ihren Satz. Oft weiß ich gar nicht mehr, ob wir diese immer gleichen Dialoge wirklich sprechen oder ob ich sie schon automatisch höre. Langsam gehe ich nach oben in mein Zimmer.

Manchmal betrachte ich meine Mutter ganz distanziert, wie eine Fremde. Ich bin schon froh, dass sie nicht so spießig aussieht wie Saras Mutter. Mama ist groß und schlank, das blonde, glatte Haar habe ich von ihr geerbt (dabei wäre mir das dunkle, buschige von Papa lieber gewesen) und leider auch ihre matschblasse Haut. Aber Mama kann sich gut schminken, nicht so auffallend wie Angie, sondern dezent und schick eben. Vor einem Jahr hat sie wieder angefangen zu arbeiten, als Teilzeitkraft bei Rickys Kinderarzt. Papa war erst nicht so begeistert von Mamas Job, obwohl er es nicht richtig zugegeben hat. Ich glaube, ihm hatte es gut gefallen, dass seine Familie ihn erwartete, wenn er aus dem Büro kam! Papa arbeitet als Beamter in der Stadtverwaltung, im Bauamt. Das ist sicher kein besonders schillernder Job. Aber ich bin froh, dass er nicht einer dieser Karriereväter ist, die fünfzehn Stunden am Tag arbeiten und dann mit fünfzig im Fitnessstudio einen Herzinfarkt kriegen. Und überhaupt: Wie sollten wir dann unser Haus abbezahlen? Ob Mama nur noch Schwarz tragen würde? Oder uns ratzfatz einen neuen Stiefvater präsentieren würde? Himmel, was überlege ich mir da schon wieder? Manchmal male ich mir so abartige Sachen aus, dass ich's selbst kaum glauben kann... Nur gut, dass keiner meine Gedanken lesen kann.

Die Haustür klappt und Ricky kommt die Treppe raufgebollert. Vor meiner Tür stoppt sie einen Moment und klopft dann zaghaft an. Dieses Klopfen habe ich ihr mühsam beigebracht. Früher ist sie bei jeder Gelegenheit einfach in mein Zimmer geplatzt.

»Hallo, Marie, wie geht's denn?« Unsicher schielt Ricky unter ihrem dicken Pony hervor.

Misstrauisch schaue ich sie an. »Ist was Besonderes?«

»Nö, eigentlich...«, sie zögert, »äh, Marie, hast du schon das mit deinem Puder gesehen?«

Ein Blick zur Seite und ich kriege fast einen Schreikrampf! Wie feiner Staub bedeckt mein nagelneuer loser Gesichtspuder die hellblaue Matte vor meinem Schminktisch. Mit einem Aufschrei hocke ich mich auf den Boden und versuche zu retten, was zu retten ist.

»Marie, ich hab's nur ganz vorsichtig probiert!«, jammert Ricky hinter mir. »Ehrlich, und dann fiel das plötzlich alles raus. Ich hab nichts gemacht. Ehrlich!«

»Tausendmal habe ich dir verboten, an meine Sachen zu gehen!«, schreie ich. »Raus jetzt! RAUS!«

Ricky stürzt aus dem Zimmer und ich atme erst mal tief durch. Als meine Eltern vor zwei Jahren dieses Reihenhaus gekauft haben, war ich vor allem froh, endlich ein eigenes Zimmer zu haben. Ich glaube, in unserem alten Zwergenzimmer hätte ich meine achtjährige Schwester eines Tages erwürgt.

Jetzt kann ich wenigstens die Tür zumachen, wenn ich meine Ruhe haben will.

Vor allem nach dem Mittagessen rolle ich mich immer gern in die Decke auf meinem Sofa und träume ein bisschen vor mich hin. Aber heute dauert die Ruhe nicht lange. Schon nach fünf Minuten steht Mama in der Tür und blickt missbilligend auf mich hinunter. »Bist du schon wieder müde, Marie? Ich verstehe das nicht. Du schläfst doch nachts genug, oder? Das muss an der Pubertät liegen.«

Ich hasse es, wenn meine Eltern alles, was mich betrifft, mit der »Pubertät« in Zusammenhang bringen, so als wäre ich zeitweilig nicht zurechnungsfähig. Immerhin, seit ich mit Robert zusammen bin, hat dieses Pubertäts-Gelaber deutlich nachgelassen. Robert hat meiner Mutter von Anfang an gefallen. Er unterscheidet sich eben deutlich von den obercoolen Pickelzwergen in unserer Klasse. Robert ist immer höflich und gepflegt, fürsorglich und aufmerksam. Er ist das, was man in alten Filmen wohl einen Gentleman nennt.

»Der Junge trägt dich doch auf Händen, Marie«, hat meine Mutter mal geklagt, »und du bist oft so eklig zu ihm.«

Wenn meine Mutter diesen verwundeten Blick auflegt, könnte ich schreien. So als würde ich sie persönlich verletzen, wenn ich Robert gegenüber zickig bin. Ich frage mich wirklich manchmal, was dahinter steckt!

Nach der Schule stehen Tom und ich noch kurz bei den Fahrradständern zusammen. Er fährt seit ein paar Monaten Vespa; geiles Gefährt, hat er von seinem Vater bekommen.

»Wie findest du den neuen Klassenlehrer?«, frage ich.

»Weiß nicht so recht, scheint die harte Nummer durchziehen zu wollen.«

»Hm, vielleicht will er sich bloß am Anfang Respekt verschaffen?«

»Könnte sein. Aber sympathisch ist was anderes«, sagt Tom.

Bisher kannten wir Rust nur vom Hörensagen. Er ist erst voriges Jahr ans Gymnasium gekommen und gilt als ziemlich streng. Tom zieht sich den Helm über und bockt seine Vespa ab.

»Begleitest du mich noch 'n Stück?«, frage ich und steige auf mein Mountainbike.

»Ne, Danny, geht nicht. Muss noch zur *Gitarre* und schauen, ob der neue Verstärker endlich da ist. Haben die mir schon seit drei Wochen versprochen.«

Tom ist Stammkunde in der *Gitarre,* dem einzigen guten Musikladen hier in der Stadt. Ein kleines Vermögen hat er dort schon gelassen. Seine Musikleidenschaft geht ihm über alles. Toms Eltern haben ordentlich Kohle, sein Vater ist so eine Art Baulöwe.

Tom tritt auf den Kickstarter, der Motor springt nicht an. Ich fasse ihn am Arm.

»Warte doch noch 'n Moment.«

»Hm, was denn?«

»Ich wollte noch wissen, wie du sie findest.«

»Wen denn?«, fragt Tom.

»Na, die neuen Mädels.«

»Tja… sind paar nette drunter, glaub ich. Die schwarze mit den Locken find ich ganz passabel…«

Mann, wenn Tom so daherredet, dann bedeutet das schon viel. Ich kenne ihn, »ganz passabel« ist ein großes Kompliment für ihn.

»Und die andere, die mit den blonden langen Haaren?«

Tom schüttelt den Kopf. »Zu dünn und zu blass.«

Ich muss schmunzeln, wie er mit zwei Worten die Mädchen so cool abstempelt.

Er boxt mir spielerisch in die Seite. »Und du… hast ja ganz schöne Stielaugen gekriegt bei dieser Angie!«

Hat er es also doch gemerkt, wie ich auf sie reagiert habe. Ich drehe mich zur Seite und winke lässig ab. »Hm, da ist doch Bill schon am Baggern.«

»Bill und Baggern ist doch ein und dasselbe«, sagt Tom. »Aber nichts als heiße Luft, wenn du mich fragst.«

»Ich frag dich aber nicht«, grinse ich ihn an und schwinge mich auf mein Fahrrad. »Ciao.«

Zehn Minuten später bin ich zu Hause. Als Erstes gehe ich zum Briefkasten und schaue nach der Post. Zwei Briefe für meinen Vater und da ist auch einer für mich. Von Mutter. Ihre geschwungenen großen Buchstaben sind unverkennbar.

An der Tür begrüßt mich Woody und streicht mir wie immer um die Beine. Woody ist die Katze meines Vaters, ein getigerter Kater und wahnsinnig verschmust, allerdings nur wenn er es selbst will. Seit drei Jahren wohne ich mit meinem Vater in einer Haushälfte eines schönen kleinen, allein stehenden Hauses. Seit wir von München hierher gezogen sind. Auf der Kommode im Flur liegt ein Zettel:

Hallo, Daniel,

ich komm so um eins, halb zwei. Warte doch auf mich. Dann können wir zusammen was essen. Gruß, Dad.

Mein Vater ist noch nicht zu Hause, er inszeniert zur Zeit ein Theaterstück. Er ist so was wie der Hausregisseur am einzigen Theater hier in der Stadt. Das war auch der Grund, warum wir hierher gezogen sind. Anfangs ist es mir schwer gefallen, von München wegzugehen, aber jetzt habe ich mich an das Kleinstadtleben gewöhnt.

Ich gehe in mein Zimmer, werfe mich aufs Bett und reiße das Kuvert auf. Der Brief von meiner Mutter ist aus Gran Canaria. Aus beruflichen Gründen muss sie sechs Wochen dort sein. Sie schreibt von ihrem Job, wie erfolgreich sie dort ist und wie die Insel aussieht. Nur am Schluss schreibt sie zwei Zeilen über mich. Wie's mir geht, wie die neue Klasse ist und ob Vater sich ordentlich um mich kümmert und ob es mir an Geld fehle?

Nein, Mama, an Geld fehlt es mir nicht…

Woody springt aufs Bett und legt sich auf meinen Bauch. Er mag es, wenn ich so ruhig daliege. Dann kommt er meistens zu mir. Die Sonne scheint auf das Bett und nach ein paar Sekunden beginnt Woody zu schnurren.

Mutter ist jetzt seit ein paar Jahren Immobilienmaklerin, früher war sie Schauspielerin, so hat sie auch meinen Vater kennen gelernt, aber in ihrem Beruf war sie nie so super erfolgreich. Und seit sie auf ihrem Karrieretrip als Maklerin ist, verstehe ich sie immer weniger.

Vor einigen Jahren, ich war so zehn oder elf, haben sich meine Eltern regelrecht um mich gestritten. Sie haben sich getrennt, zogen in verschiedene Wohnungen, und beide wollten unbedingt, dass ich bei ihnen wohne.

Was letztendlich ausschlaggebend war, dass ich zu meinem Vater gekommen bin, war wohl meine Aussage vor dem Jugendrichter.

Es war eine merkwürdige Situation. Der Richter hat mich in ein kleines Zimmer gerufen, meine Eltern mussten den Raum verlassen und dann hat er mich ausgefragt. Wie ich mich zu Hause so fühle? Wer öfter da ist, Mama oder Papa? Wie mich meine Mutter behandelt? Und wie mein Vater? Ob ich schon mal Prügel gekriegt habe? Er wollte alles ganz genau wissen. Ganz am Schluss hat er mich dann gefragt:

»So, Daniel, jetzt sag mir doch mal ganz ehrlich, bei wem würdest du denn lieber wohnen, bei Mama oder beim Papa?«

»Beim Daddy«, habe ich gesagt, ohne lange nachzudenken.

Dann hat er lange genickt und gemeint: »So... bei deinem Daddy.« Ausgesprochen hat er es wie Teddy.

Ich lasse den Brief von Mama fallen und schließe die Augen.

Seit ich denken kann, haben sich meine Eltern gestritten.

Woody steht langsam auf, macht einen Katzenbuckel und legt sich weiter unten aufs Bett, wo die Sonne hinscheint. Es ist angenehm warm auf dem Bett. Ich muss an Angie denken. Und an ihr enges Top, das den Bauch frei lässt. Ich stelle mir vor, wie sie langsam das Top hochzieht. Jetzt steht sie nur noch im BH vor mir. Ihre großen Brüste zeigen direkt auf mich. Sie lacht mich an und kommt auf mich zu. O Mann! Jetzt setzt sich Angie auf mein Bett, nimmt meine Hand und legt sie sich auf eine ihrer herrlichen Brüste. Oh, ist das schön.

Ich höre ein Geräusch. Die Haustür öffnet sich. Dad!

3

Heute Morgen strampele ich den Weg zur Schule alleine hinauf. Sara hockt wahrscheinlich noch gemütlich über ihrem Müsli. Sie hatte keine Lust, so früh mitzukommen. Kann ich verstehen! Ich weiß auch nicht, wie ich auf die blödsinnige Idee verfallen konnte, mich gleich für das zweite Referat bei Rust zu melden. Das Thema hatte mir gut gefallen: »Die Rolle der Frau in Brechts Dreigroschenoper.« Davon habe ich mich hinreißen lassen. Außerdem wollte ich es schnell hinter mich bringen.

Rust verlangt nämlich, dass wir unsere Referate richtig »präsentieren«, die wichtigsten Thesen an die Tafel schreiben und dann einen möglichst freien Vortrag halten. Vor der versammelten Mannschaft. Das ist für mich der Horror! Purer Grusel! Deswegen will ich wenigstens die Thesen schon vor dem Unterricht an die Tafel schreiben. Ich finde es schrecklich, da vorne zu stehen und all die Augen im Rücken zu spüren. Body-Bill macht doch garantiert eine blöde Bemerkung über meinen Hintern, ich verschreibe mich sechsmal und habe hektische Flecken am Hals, bevor es richtig losgeht.

Dabei habe ich mir heute Morgen schon extra Klamotten angezogen, in denen ich mich ganz sicher fühle: Turnschuhe, meine Lieblingsjeans von *miss sixty*, das dunkelblaue T-Shirt mit dem frechen Engelaufdruck, die helle Jacke drüber und das neue Halstuch (wegen der Hektikflecken!). Und natürlich habe ich mir meine Haare gewaschen! Das ist immer mega-wichtig!

Um diese Zeit ist der Schulhof noch richtig leer. Hastig schließe ich mein Fahrrad ab und laufe die Stufen zu unserem Klassenraum hoch. Ich öffne die Tür. Verdammt, da liegt ja schon ein Rucksack! Ganz hinten in der Ecke sitzt einer dieser Neuen, Daniel. So was Blödes, wieso ist der denn schon da?

Daniel scheint über die Störung auch nicht begeistert zu sein. Wie ertappt schaut er mich an. »Hallo, äh … was machst du denn schon hier?«

Ich ziehe meine Notizzettel aus der Tasche. »Ich halte doch heute dieses Referat.«

»Was denn für 'n Referat?«

»Bei Rust: die Rolle der Frau in der ›Dreigroschenoper‹.«

»Ach ja«, er nickt, »schönes Stück. Das hat mein Vater mal inszeniert.«

»Inszeniert?«, echoe ich verständnislos.

»Ja, er ist Regisseur, er macht Theaterstücke, verstehst du?«

Natürlich verstehe ich. Ich habe nur ein bisschen langsam reagiert. Als wüsste ich nicht, was ein Regisseur macht…! Wahrscheinlich hält er mich jetzt für total bescheuert und morgen darf ich mir den nächsten Spruch von Bill oder Tom dazu anhören.

Schnell gehe ich an die Tafel und greife nach der Kreide.

»Ich wollte schon mal die wichtigsten Thesen an die Tafel schreiben. Das ist so viel, weißt du! Das hätte ich nachher gar nicht alles geschafft, wenn der Rust da ist.«

»Verstehe.«

Unsicher beginne ich zu schreiben. Warum habe ich nur immer noch diese kringelrunde, brave Kinderschrift? Das sieht ja fürchterlich aus! Ich greife mir den Schwamm und wische alles noch mal ab. Dabei werfe ich einen schnellen Blick über meine Schulter. Hat Daniel das mitgekriegt? Nein, er kritzelt eifrig vor sich hin, seine Haare bedecken fast sein Gesicht. Irgendwie bin ich jetzt doch neugierig.

»Was machst du da eigentlich?«

Er blickt auf. »Mathe-Hausaufgaben, die habe ich gestern nicht mehr geschafft.« Verlegen streicht er seine Haare nach hinten. »Eigentlich wollte Tom auch früher da sein und mich abschreiben lassen. Aber er hat wohl verpennt.«

»Du kannst meine Aufgaben haben, wenn du willst«, sage ich. »Aber keine Garantie, ich bin in Mathe 'ne ziemliche Niete.« Ich wühle mein Heft aus der Tasche und reiche es ihm rüber. Verdammt, sind da vielleicht noch einige dieser Zettelchen drin, die sich Sara und ich ständig hin und her schieben? Gestern haben wir wieder ziemlich über Angie abgelästert.

»Ich schlag dir die Seite auf, warte!« Abrupt ziehe ich das Heft zurück und blättere es hektisch durch. Himmel, der muss mich ja für völlig durchgeknallt halten! Aber er lächelt nur und wartet geduldig.

»So, hier, ich hoffe, du kannst meine Schrift lesen?«

»Klar, danke.« Daniel fängt an zu schreiben. Er trägt einen Silberring am kleinen Finger, sieht irgendwie gut aus bei ihm.

»Fällt dir das nicht alles unheimlich leicht jetzt? Du hast das doch schon mal gemacht.« Ich beiße mir auf die Lippen. Nicht sehr einfühlsam von mir, ihn auf seine Ehrenrunde anzusprechen.

Aber er grinst. »Ach, weißt du, bei bestimmten Dingen kriege ich den Dreh einfach nicht raus. Diesen Mathestoff, den könnte ich zehnmal machen und hätte immer noch Probleme damit.«

»Das kenne ich«, nicke ich. »Da sperrt sich der Kopf einfach, reiner Selbstschutz!«

Wir lachen. Er hat ein Grübchen links neben dem Mundwinkel und tatsächlich keinen einzigen Pickel im Gesicht. Unwillkürlich greife ich in meinen Haaransatz, wo ich schon wieder ein neues Exemplar sprießen fühle. Daniel hat meine Bewegung etwas irritiert verfolgt und so ich mache schnell ein temperamentvolles Haare-Zurückwerfen daraus.

»Ist bestimmt nicht so einfach für euch in einer ganz neuen Klasse«, sage ich übergangslos.

»Stimmt«, er nickt, »so als müsste man einen Film, der einem schon beim ersten Mal nicht gefallen hat, noch mal anschauen.«

Ich muss lachen. Das hat er gut gesagt. »Aber immerhin haben jetzt die Darsteller gewechselt.«

Himmel, das war ja eine nahezu geistreiche Bemerkung für meine Verhältnisse! Sonst fällt mir in solchen Situationen immer nur heiße Luft ein.

Auch Daniel lächelt. »Und ich glaube, die neue Besetzung gefällt mir um einiges besser als die alte.«

Ich spüre, dass ich rot werde. Jetzt denkt er bestimmt, dass ich denke, er meint mich damit. Dabei hat er das ganz allgemein gesagt oder er meint Angie oder sonst wen. Rasch stehe ich auf und gehe zurück an die Tafel.

»Ich muss jetzt mal weitermachen, sonst wird das nichts mehr, bevor der Rust kommt.«

»Ja, klar, ich auch!«

Schweigend schreiben wir vor uns hin. Ich ärgere mich über mich selbst. Warum muss man mir jede klitzekleine Unsicherheit immer so ansehen? Schrecklich! Selbst in Situationen, die noch nicht mal mega-spannend sind, so wie diese eben.

Es war das erste Mal, dass ich mit Marie allein gesprochen habe. Fand ich stark, wie sie geantwortet hat: »Aber immerhin haben jetzt die Darsteller gewechselt.« Ich musste lachen, und als ich das mit der neuen Besetzung gesagt habe, ist sie richtig rot geworden.

Als ob ich ihr ein Kompliment gemacht hätte. Habe ich ja auch, aber ich wollte es eigentlich gar nicht so direkt sagen, wie sie's aufgefasst hat.

Ich konnte sie eine Weile beobachten, wie sie an der Tafel stand und ihre Thesen aufgeschrieben hat. Sie hat eine schöne Mädchenschrift, die sie plötzlich wieder weggewischt hat, weiß auch nicht, warum.

Marie trug eine knallenge blaue Jeans, steht ihr total gut. Ihr Po ist klein, aber echt knackig. Und um den Hals hat sie, wie fast immer, so 'n komisches Tuch. Seltsam, bei dem warmen Wetter, ständig zupfte sie an dem Tuch herum. Vielleicht hat sie ja einen Superknutschfleck und genierte sich deswegen.

Ich hab versucht, ihren Hals genauer zu betrachten. Er ist hübsch und etwas länger als gewöhnlich.

Marie war der Schwamm heruntergefallen, sie hatte es nicht gemerkt, ich war leise aufgestanden, schlich mich von hinten an sie heran. Ich wollte sie überraschen, kniete gerade hinter ihr und griff nach dem Schwamm, da ging mit einem Knall die Tür auf.

»Hey, ihr zwei Süßen, was läuft denn hier ab!«

Body-Bills dröhnende Stimme. Er stand in der Tür und grinste uns an. Und dicht hinter ihm entdeckte ich Angie.

Marie blickte sich um und starrte mich verwundert an, wie ich da hinter ihr kniete.

Und Angie setzte noch eins drauf: »Lasst euch nicht stören bei eurer trauten Zweisamkeit!«

Ich stand langsam auf und streckte Marie etwas blöde den Schwamm entgegen. O Mann, ich kam mir so belämmert vor!

Angies Lachen wurde immer breiter. »Was macht ihr denn da für lustige Wasserspielchen!?«

Bill und Angie kriegten sich kaum noch ein vor Lachen.

»Hey, was soll das blöde Gerede!«, sagte ich. »Ich... ich hab ihr nur den Schwamm aufgehoben, das... das ist alles.« Das Blut schoss mir in den Kopf. Sicher war ich knallrot! Schnell legte ich den Schwamm an der Tafel ab und drehte mich weg. Dabei warf ich einen kurzen Blick zu Marie. Auch sie war puterrot angelaufen, lief zu ihrer Bank zurück.

»Ach Gott, wie niedlich, ein stotternder Gentleman«, sagte Angie.

Doofe Zicke! Am liebsten hätte ich ihr eine geknallt. Bei der dämlichen Kuh ist doch wirklich alles eine Nummer zu groß: ihre Klappe, ihr Busen und ihr Selbstvertrauen.

Immer mehr Schüler strömten jetzt ins Klassenzimmer und dann erlöste uns endlich das Klingelzeichen. Pünktlich wie immer trat Herr Rust ins Zimmer, forderte Ruhe und bat Marie, zu ihrem Vortrag nach vorne zu kommen. Die Arme war immer noch ganz rot. Der Anfang ihres Referats war 'ne glatte Katastrophe, ich spürte, wie nervös sie war, obwohl sie nach außen einigermaßen ruhig wirkte. Als Rust sie dann für ihre gelungene Einführung des Dichters Bertolt Brecht lobte, wurde Maries Vortrag sicherer. Besondere Betonung legte sie auf die vernachlässigten Frauenrollen in Brechts Stücken. Einmal spielte sie uns auf ihrem mitgebrachten Kassettenrekorder ein Lied aus der Dreigroschenoper vor: *Seeräuber-Jenny*, ist echt ein toller Song.

Jetzt, kurz vor dem Ende ihres Referats, scheint Marie ins Schwitzen zu kommen, sie zieht ihre Jacke aus. Darunter trägt sie ein dunkelblaues T-Shirt. Hey, in dem engen Shirt kann man genau die Form ihrer Brüste erkennen. Sie sind nicht groß, aber wunderbar rund, und durch ihre schlanke Taille wirkt ihr Oberkörper zierlich und doch sehr weiblich.

Komisch, jetzt sitze ich schon über zwei Wochen nur ein paar Meter hinter Marie in der Klasse, und mir ist nie aufgefallen, wie gut sie aussieht und wie nett sie ist. Vielleicht liegt das daran, dass sie sich nie besonders auffällig anzieht oder schminkt wie so viele andere Mädchen.

Eigentlich fahr ich auch nicht ab auf so 'ne Anmalerei.

Die Schulglocke läutet.

Ich blicke auf meine Uhr. Hey, Wahnsinn, die Stunde ist schon rum, das ging vielleicht schnell. Maries Vortrag war stark, echt nicht eine Sekunde langweilig. Das will ich ihr gleich sagen. Eigentlich möchte ich ihr noch viel mehr sagen. Dass sie gut aussieht, dass sie total nett ist, dass sie was auf dem Kasten hat, dass ich sie toll finde und … dass ich sie auch außerhalb der Schule mal treffen will.

»Hey, Danny, was glotzt du so doof in die Luft?!« Toms Ellbogen sticht mich in die Seite.

»Aua …! Was ist denn los?«

»Hier!« Er hält mir ein Heft unter die Nase. »Mathe. Das wolltest du doch abschreiben.«

»Danke, hab ich schon«, sage ich.

»Von wem?«, fragt Tom.

»Von ihr.«

»Ach. – Und wer ist *ihr*?«

»Von Marie.«

»He? Wie kommst'n dazu?«

Ich antworte nicht.

»Mann, das war vielleicht 'ne öde Stunde …«, stöhnt Tom.

»Find ich überhaupt nicht.«

»Hä?« Tom blickt mich argwöhnisch an. »Wieso verteidigst du sie so? Ich dachte, du stehst mehr auf Angie?!«

Frau Schostak, die Mathelehrerin, betritt den Raum, alle

setzen sich wieder auf ihre Plätze und Tom muss endlich aufhören zu nerven.

Von der Mathestunde bekomme ich so gut wie nichts mit. Ich schaue dauernd zu Marie und überlege, wie ich sie wohl am besten ansprechen soll.

Soll ich sie zu einem Kaffee einladen? – Nein, zu einfallslos.

Soll ich sie zum Fußballspielen mitnehmen? – Ne, vielleicht findet sie Fußball doof.

Soll ich sie fragen, ob sie am Wochenende Zeit hat? – Und wenn sie dann Ja sagt, was mach ich dann?

Oh je, ist das schwierig! Was sagt man einem Mädchen, das man eigentlich gar nicht kennt, das man aber unbedingt kennen lernen will?

Hey, ich würde dich gerne kennen lernen? O Gott, das ist zu blöd. Und wenn sie bereits einen festen Freund hat?

Mein Dad sagt immer, sei geradeaus, das ist das Beste bei Frauen. Also sag ich ihr: Gehen wir zusammen ins Kino, ich würde gerne ganz nah neben dir im Dunkeln sitzen und mit dir kuscheln. Scheiße, das bringe ich doch nie!

Dann habe ich eine Idee. Ich passe sie einfach nach der Schule ab und versuche, sie allein zu erwischen, da wird mir schon was einfallen.

Die vier Stunden bis zum Schulschluss sitze ich wie auf Kohlen. Endlich ist die Zeit rum. Ich gehe Marie hinterher, den Flur entlang, die Treppen hinunter und über den Schulhof. Aber nie ist sie allein! Immer klebt ihre Freundin an ihrer Seite. Und nun radele ich bereits seit zehn Minuten den beiden Mädchen in sicherer Entfernung hinterher. Irgendwann muss diese Sara doch mal Leine ziehen! Und wenn sie Marie bis nach Hause begleitet?

Ah, endlich biegt Sara ab und Marie fährt in die andere Richtung. Nichts wie hinterher. Ich trete voll in die Pedale. Marie sieht toll aus, wie sie durch den Sommertag radelt. Ihre langen blonden Haare wehen im Fahrtwind. Ich bin nur noch fünf Meter hinter ihr. Was soll ich ihr jetzt nur sagen?

Plötzlich bremst Marie, und ich, ganz in Gedanken, knall ihr hinten aufs Schutzblech.

»Hey, was soll das?!«, schreit Marie auf und fällt fast von ihrem Rad.

»Äh, entschuldige, ich wollte dir nur …«, stammele ich. O Gott, ich bin ein solcher Blödmann!

»Ach du bist's, Daniel.«

»Ja, sorry … ist dir was passiert?«

»Nein, schon gut, nichts passiert. Bin nur erschrocken. Was gibt's denn?«

»Äh, ich wollte dir nur sagen, dass ich deinen Vortrag ganz klasse fand.«

»Echt?«

»Hm …« Ich nicke ungefähr hundertmal.

»Und deshalb fährst du mir extra hinterher?«

»Nein … ja, äh, also ich meine, ich fahre gerne nach der Schule so ein bisschen durch die Gegend, weißt du.« Oje, was plappere ich nur für einen Stuss daher.

»Wohnst du denn auch hier?«, fragt sie.

»Ooch … ja, eigentlich wohne ich mehr da drüben …« Wage deute ich auf die andere Seite des Hügels.

»Komisch, hab dich noch nie hier radeln gesehen.«

O Gott, was soll ich denn jetzt nur sagen? »Äh, hast du am Samstagabend Zeit?«

Marie blickt mich einen wahnsinnig langen Moment an, dann sagt sie: »Ja. – Warum?«

»Warum? – Ja, äh, gute Frage…«, sage ich.

Keiner sagt etwas. Dann beginnt sie zu lachen.

Sie lacht mich aus!

Jetzt oder nie! Du Trottel.

»Am Samstagabend schmeiß ich 'ne Fete.«

4

Mann, was habe ich da nur wieder dahergefaselt von einer Fete. Das ist mir spontan eingefallen, als Marie mich so direkt gefragt hat. Aber vielleicht ist die Idee gar nicht so schlecht? Doch was wird Dad sagen? Wenn er am Wochenende zu Hause arbeiten will, wird er Nein sagen. Dummerweise arbeitet er meistens nachts am besten. Na, mal sehen, vielleicht lässt er sich überreden.

Dad und ich sitzen beim Essen. Er hat gekocht. Es gibt Bratwürste, Kartoffelbrei und Salat. Mist, Dad ist irgendwie schlecht gelaunt, eine Schauspielerin ist heute bei den Proben davongelaufen.

»Weißt du, was sie zu mir gesagt hat, Daniel? ›Ihr Machostil ist ja nicht auszuhalten!‹«

»Wieso? Was hast du denn gemacht?«

»Ach, nichts Besonderes. Mir ging bloß ihre ewige Diskutiererei über jede Szene auf die Nerven, und dann hab ich halt gesagt, dass ich hier der Regisseur bin.«

Ich schlucke meinen letzten Bissen herunter, dann wechsele ich vorsichtig das Thema.

»Du, Daddy, könnte ich am Samstag ein paar Leute einladen?«

Dad fixiert mich eine Sekunde länger als gewöhnlich.

»Was hast du auf dem Herzen, Sohnemann? Immer wenn du *Daddy* zu mir sagst, willst du was Besonderes von mir.«

Nix zu machen, er kennt mich einfach zu gut.

»Ich würde gerne eine Einweihungsparty für die neue Klasse geben.«

»Hm«, Dad nickt. »Und wie viele Leute sollen kommen?«

»Och ... so zwanzig vielleicht.«

»Und die Hälfte Mädchen, hm?«

»Mindestens ...«, sage ich.

Dad fängt an zu grinsen. »Du hast Glück. Samstagabend bin ich eh nicht da. Ich schau mir ein Stück in Köln an und übernachte bei Stephan.«

Stephan ist Dads bester Freund, ein Arzt aus Köln. Wenn die zwei sich treffen, wird es meist eine feuchtfröhliche Angelegenheit.

Mir fällt ein Stein vom Herzen. »Danke, Dad. Wir machen das Fest im Keller, okay?«

»Hm. Aber Finger weg von meinen LPs. Die CDs kannst du gerne benutzen, ja?«

»Versprochen«, sage ich. »Äh, da ist noch was, Dad!«

»Hm?«

»Ein kleiner Finanzzuschuss wäre äußerst hilfreich.«

Dad schaut mich zwei Sekunden lang unverwandt an, dann greift er in seine Gesäßtasche, nimmt seine Geldklammer heraus und gibt mir einen 50-Euro-Schein.

»Ey. – Danke!«

So, die erste Hürde wäre genommen. Ich räume das Geschirr zusammen und bringe es in die Küche. Schließlich möchte ich meinem Vater auch etwas entgegenkommen. Danach will ich Tom anrufen, muss gleich alles mit ihm besprechen.

Ich glaube, eine Fete ist die beste Möglichkeit, einem

Mädchen näher zu kommen. Bei Lu hat es damals auch so geklappt. Es war meine erste Fete, die ich selbst veranstalten durfte. Dad hatte den Keller zu einem richtigen Partykeller ausgebaut, mit Lichtanlage und versteckten Boxen, megageil. Anfangs hatte Dad den Diskjockey gespielt und dann hatte er sich verzogen.

Lu war über ein Jahr lang meine Freundin gewesen. Wir waren gleich alt damals, fünfzehn. Sie war sehr hübsch, hatte lange dunkelrote Locken und war ein Stück größer als ich. Ich war mächtig stolz, dass Lu mit mir zusammen war. Aber außer Küssen und ein bisschen Petting obenrum ist nicht viel gelaufen. Lu hat sich da immer so geziert, und ich habe mich nicht mehr getraut, aus Angst, sie zu verlieren. Sie hat mich dann wegen einem älteren Jungen verlassen, so einem blöden Angeber aus der Zwölften mit *Armani*-Klamotten und Cabriolet.

Bis jetzt habe ich erst drei Mädchen geküsst, ich meine so richtig mit Zunge; das ist ja nicht gerade der Hit mit siebzehn... Jetzt muss bald mal mehr passieren! Mein ganzes Sexualleben kann doch nicht darin bestehen, dass ich mir in meinem Zimmer einsam einen runterhole.

Die Zweite war so eine Art Urlaubsliebe aus Sylt. Ann-Katrin, süß, klein und pummelig. Aber mehr als Küsschen und Händchenhalten und hinterher zwei, drei Briefe waren da auch nicht. Die dritte war ein Mädchen auf einem Schulfest, bei dem *The Fame* mit Tom als Leadsänger spielten. Ich wusste nicht mal ihren Namen. Ich glaube, ich durfte sie nur küssen, weil Tom mein Freund war; eigentlich hatte sie nur Augen für Tom.

Und jetzt bin ich wieder seit einem halben Jahr solo und irgendwie reicht's mir nun.

Aber ich glaube, auch bei meinen Freunden ist bis jetzt nicht viel mehr gelaufen. Ich denke nicht, dass schon einer mit einem Mädchen richtig geschlafen hat. Also Tom ganz sicher nicht. Der würde mir das sagen. Außerdem ist er fünf Tage jünger als ich, und das würde mir furchtbar stinken, wenn er es vor mir »schaffen« würde.

Dabei, Chancen hat Tom eigentlich mehr als genug. Er sieht super aus mit seinen langen schwarzen Locken, ist groß, hat breitere Schultern als ich, und außerdem spielt er in einer Band, und das kommt bei fast allen Mädels gut an. Aber irgendwie ist Tom da eigenartig, er sucht sich immer gerade die Mädchen aus, die nicht auf ihn stehen. Bei den Schulfesten oder bei einem Gig der Band hüpfen immer drei oder vier Mädchen um ihn herum, aber an denen hat er nie Interesse. Mit traumwandlerischer Sicherheit sucht er sich die aus, die nicht auf ihn abfährt. Weiß auch nicht, warum, aber so läuft das bei ihm.

Und dann natürlich Body-Bill. Der hat schon mehrmals behauptet, irgendeine Braut flachgelegt zu haben, aber ich bin mir da nicht sicher, ob er nicht ein bisschen auf die Angebertube drückt. Stets trägt er eine neue Packung Kondome mit sich rum und vergisst auch nicht, sie uns jedes Mal unter die Nase zu reiben: »Ey, kennt ihr die schon, mit Erdbeergeschmack? Müsst ihr mal probieren, Jungs, voll der Bringer, ey!«

Eine halbe Stunde später gehen Tom und ich gemeinsam die Kellertreppe hinunter. Tom geht voraus, er kennt sich aus, zwei Feten hat er hier schon mitgemacht.

»Scharf, und dein Vater ist gar nicht da, dann haben wir sturmfreie Bude?«

»Ja.«

»Cool. Ich mach den Diskjockey, wenn ich auflegen kann, was ich will.«

»Ja, schon«, sage ich, »aber ein bisschen möchte ich da auch mitreden.«

Die Treppe macht am Ende eine Linkskurve, führt dann auf zwei Türen zu. Tom öffnet die rechte Tür, die zu dem Partyraum führt, die zweite ist abgesperrt, dahinter befindet sich ein Abstellraum. Ich schalte die Deckenlampe ein. Bei hellem Licht hat der Partyraum nur wenig Atmosphäre.

»Hey, hier mieft's«, sagt Tom, »mach mal das Fenster auf.«

Ich gehe zur gegenüberliegenden Wand und öffne die zwei kleinen Fenster, die kaum Licht und Luft hereinlassen, weil sie nur zu zwei Fußgittern nach oben führen. Auf den beiden Längsseiten des eher schmalen, lang gezogenen Raums befinden sich verschiedene ausgediente Matratzen, Stühle gibt es hier nicht, nur ein paar Abstelltische. An einer Breitseite steht eine Art Bar mit zwei Hockern davor und dahinter befindet sich eine Musikanlage samt Plattenspieler, CD-Player und eine Menge LPs und CDs. Tom fängt gleich zu stöbern an, zieht ein paar Cover heraus und inspiziert sie.

»Dein Vater ist Sting- und Stones-Fan, hm?«

»Kannste laut sagen. Aber die LPs müssen wir drinlassen, das habe ich meinem Alten versprochen.«

»Hm, schade«, sagt Tom. »Hey, die Prinzen!« Er zieht eine CD aus dem Ständer.

»Gib her.« Ehe er sichs versieht, schnappe ich ihm die CD aus der Hand, werfe die Anlage an und lege die Scheibe ein.

»*Aija-ja-ja ...!*« Die Prinzen singen es uns vor, und wir singen sofort mit: »Aija-ja-ja ...!«

»Geil!«, schreit Tom. »Mach lauter!«

Ich drehe auf und dann geht die Post ab.

Zu unserem alten Lieblingslied toben und tanzen wir im Techno-Schritt durch den Raum und grölen mit den Prinzen:

»*Du hast Pickel im Gesicht und 'ne Freundin hast du nicht. Macht nichts.*« Und dann der Refrain:

»*Es ist, wie es ist. Hauptsache, du bist gut drauf. Es ist, wie es ist. Und wenn du hinfällst, steh wieder auf.*«

Der Song ist zwar schon ein paar Jahre alt, aber er funktioniert immer noch. Tom hat mich damals auf die Prinzen und die Toten Hosen gebracht. Das war seine Musik und sie machte einfach gute Laune. Alle standen damals auf den Prinzenhit: *Du musst ein Schwein sein in dieser Welt*, aber unser Favorit war immer: *Es ist, wie es ist.*

Der Song ist zu Ende. Ich stoppe die CD. Schwer aus der Puste, lachen wir uns an.

»Weißt du noch, Tom, wie du damals nach dem Lied schlagartig das Licht ausgemacht hast?«

»Ja, klar. Alle haben aufgeschrien ... Und dann habe ich den langsamen Song eingespielt.«

»Ja.« Ich denke an damals, was für ein tolles Gefühl das war ...

»Hey«, sagt Tom, »war das nicht der Song, bei dem du und Lu zum ersten Mal…?«

»Das war er…«, sage ich nachdenklich.

»Was macht sie eigentlich jetzt?«

»Lu? – Keine Ahnung, ist mir auch schnurzegal. Soll sie doch glücklich werden mit ihrem Cabriofahrer.«

»Oh, immer noch Mr Wichtig am Ball, hm?«

»Hm.« Ich nicke. Will nichts davon hören.

Tom blickt mich zwei Sekunden an, dann sagt er plötzlich im Tonfall eines Sensationsreporters: »Aber jetzt gibt es einen neuen funkelnden Stern am Danny-Himmel: Marie, die blonde Blume!«

»Ach… hör auf!«

»Komm, tu doch nicht so. Die ganze Fete machst du doch nur wegen ihr, oder vielleicht nicht?«

»Vielleicht…«, sage ich, »vielleicht auch nicht. – Und du, niemanden im Auge?«

»Hm…« Jetzt spielt er den Geheimnisvollen. Wahrscheinlich will er es mir nur heimzahlen.

»Aber eins muss bitte klar sein, Tom… Finger weg von Marie, okay?«

»Na, so toll ist sie nun auch wieder nicht, dein blasser Blondie.«

Auf so was gehe ich doch gar nicht ein.

»Magst 'ne Limo oder 'n Wasser?«, frage ich ihn.

»Ein Bier wär mir lieber.«

»Kommt sofort.«

Ich hole uns beiden was zu trinken und dann besprechen wir noch ein paar Dinge. Wer am Samstag für die Getränke sorgt, wer für das Essen. Wie wir die Musikreihenfolge festlegen. Wann das Licht runtergedimmt wird, auf was für ein Zeichen er die langsamen Songs auflegen soll, und all die wichtigen Dinge. So 'ne Fete muss genau geplant werden …

»Wollen wir uns Samstag mal wieder einen ganz romantischen Abend machen? Nur wir zwei?« Zärtlich gleiten Roberts Finger durch meine Haare. »Wir hatten so wenig Zeit miteinander in den letzten Wochen.«

Ich kuschele mich noch etwas tiefer in seinen Arm, genieße das Gefühl von Wärme und Geborgenheit. »Nicht aufhören«, murmele ich.

Gehorsam streichen Roberts Finger weiter durch meine Haare und kraulen meinen Nacken. Doch dann schiebt sich seine Hand unter mein T-Shirt, wandert den Rücken hinunter.

»Du hast eine so schöne, weiche Haut«, flüstert er. »Weißt du das eigentlich?«

Sein Atem geht schneller. Langsam tasten seine Hände nach vorn, streichen schließlich über meine Brüste, die Brustwarzen …

Ich mache mich ganz steif. »Lass doch bitte …«

Seufzend zieht Robert seine Hand zurück. »Was ist denn?«

Ich setze mich auf und zupfe mein T-Shirt zurecht. »Ricky könnte jeden Moment reinkommen. Das macht mich nervös.«

»Du hast auch immer irgendwas.« Roberts Stimme klingt gereizt. »Wenn's dir hier nicht passt, können wir auch ein bisschen spazieren gehen.«

»Das geht nicht«, ich schüttele den Kopf. »Ich muss nachher noch zu Sara. Wir wollten Bio zusammen machen.«

»Toll«, sagt Robert sarkastisch und greift nach seinem Pullover, »und dafür bin ich jetzt extra die ganze Strecke hierher gefahren?«

»Sei nicht sauer, ja?« Bittend lege ich ihm die Hand auf den Arm und kuschele mich in seine Armbeuge. »Das habe ich wohl nicht so optimal geplant heute.«

»Schon gut.« Sanft berührt er mein Kinn mit zwei Fingern und hebt mein Gesicht zu sich empor. Diese Geste haben wir mal zusammen im Kino gesehen, fand ich damals ganz toll! Männlich irgendwie.

»Das können wir ja Samstag alles nachholen«, flüstert Robert. Seine Zunge wandert zwischen meine Lippen.

»Mhm«, ich schließe die Augen und lasse mich von ihm küssen. Jetzt müsste ich ihm eigentlich von der Fete bei Daniel erzählen. Aber der Moment geht vorüber, ohne dass ich ein Wort gesagt habe.

Ich begleite Robert zu seinem Auto, winke ihm nach und gehe dann langsam in mein Zimmer zurück. Mechanisch suche ich meine Biosachen zusammen und stopfe sie in meine Tasche. Dann setze ich mich an meinen kleinen Schminktisch. Kritisch begutachte ich mein Gesicht im Spiegel. Wie blass ich heute wieder aussehe. Schrecklich! Vielleicht sollte ich mir endlich mal ein Rouge kaufen. So ein ganz Zartes, Unauffälliges. Ich betrachte mich von allen Seiten. Wenigstens kein neuer Pickel in Sicht.

Ich schaue mir in die Augen und atme tief durch. Eigentlich bin ich gar nicht so richtig fest mit Sara verabredet. Ich wollte einfach diese Situation beenden, wollte mich nicht weiter von Robert streicheln lassen. Jedenfalls nicht da, an meinen Brüsten.

Und warum habe ich ihm das nicht einfach gesagt? – Seufzend stehe ich auf, schnappe mir meine Tasche und laufe die Treppe runter.

Meine Mutter steckt den Kopf aus dem Esszimmer. »Ist Robert schon weg?«, fragt sie verwundert.

»Ja, er... hat wohl noch ein Seminar heute Abend.« Schon wieder haarscharf an der Wahrheit vorbei.

Mama schüttelt den Kopf. »Da fährt der Junge die sechzig Kilometer, nur um dich eine Stunde zu sehen. Marie, das ist vielleicht ein Mann...!«

»Tschüss, Mama, ich fahre zu Sara!«

Schnell schwinge ich mich auf mein Rad und trete in die Pedalen. Vielleicht hätte ich Sara noch anrufen sollen, um ihr zu sagen, dass ich jetzt losfahre? Egal, wenn sie nicht da ist, radele ich einfach ein bisschen durch die Gegend. Das Wetter ist so schön. Ich fahre jetzt langsamer, lasse mir Zeit. Die Ampel an der großen Kreuzung vor der Geschwister-Scholl-Straße zeigt natürlich mal wieder Rot.

Ich stutze, steht da nicht... ja, Daniel, ebenfalls auf dem Fahrrad. Aus irgendeinem Grund habe ich den Impuls, umzukehren und einen anderen Weg zu nehmen. Aber er hat mich schon gesehen, winkt lächelnd zu mir herüber.

»Hallo, Daniel!«

»Hallo!« Er lacht etwas verlegen und klopft mit der Hand auf seine prall gefüllten Fahrradtaschen. »Ich hab schon kräftig eingekauft. Für die Fete, meine ich!«

Ich nicke. »Ach so, ja ...«

»Ich glaub, das wird super!« Er streicht sich die Haare aus dem Gesicht, sein Ring blitzt in der Sonne auf. »Tom bringt seine CDs mit, Bill und noch ein paar andere wollen was zu essen besorgen und bisher haben auch alle zugesagt. – Äh, du kommst doch, oder?« Forschend blickt er mich an. »Marie?«

Ich zögere. »Ja, ja, klar, das heißt ...«, ich überlege fieberhaft. Was mache ich nur mit Robert? Wenn ich ihn diesen Samstag wieder vertröste, ist er stocksauer, und das mit Recht! Himmel, er bemüht sich so, und ich ...?

»Könnte ich jemanden mitbringen zu deiner Fete?«, platze ich heraus.

Daniels Lächeln ist verschwunden. Er blickt an mir vorbei, zuckt die Achseln. »Wenn du unbedingt willst ... Platz ist ja genug.« Begeistert klingt er nicht gerade.

Seine Reaktion verunsichert mich total, und ich rede blind drauflos: »Weißt du, ich sehe meinen Freund total selten! Der studiert nämlich jetzt in Köln, wir haben nur noch unheimlich wenig Zeit füreinander, eigentlich nur die Wochenenden und ...«

Himmel, was plappere ich da nur vor mich hin? Daniel

scheint das Ganze auch überhaupt nicht zu interessieren. Er hat sich schon auf sein Fahrrad geschwungen.

»Schon okay«, sagt er lässig, »bring ihn halt mit!«

»Danke, ich ...«

»Bis morgen dann«, er ist schon losgefahren.

»Morgen ...?«

»Ja, in der Schule.«

»Ach so, ja, Tschüss.«

Manchmal sitze ich echt auf der Leitung ...!

Ich biege in die Geschwister-Scholl-Straße ein und ärgere mich. Wenn es Daniel nicht passt, dass ich zu seiner Fete jemanden mitbringe, kann er es doch sagen, oder etwa nicht? Boah, war das eine dämliche Situation eben!

Sara ärgert sich auch. Aber über mich! »Bist du verrückt? Endlich mal wieder eine Fete mit ein paar neuen Gesichtern und du willst Robert mitschleppen!« Sie klopft sich unmissverständlich mit der Hand an die Stirn. »Was soll der denn da? Der kennt kaum einen Menschen, sitzt die ganze Zeit mit dir auf dem Sofa und hält Händchen! – Da kannst du besser gleich zu Hause bleiben!«

Ich zucke zusammen. Saras drastische Art, die Dinge beim Namen zu nennen, ist manchmal nicht so leicht zu schlucken.

Empört pustet sie sich eine Locke aus der Stirn. »Na, stimmt doch: Nichts ist nerviger als dröge Pärchen auf 'ner Party! Ich kann Daniel schon verstehen und außerdem ...«

»Was außerdem?«

Sara zuckt die Achseln. »Ich glaube, dass er dich ganz gut findet.«

»Wer? Daniel?«

»Ja, wer denn sonst? Komm, seit eurem Zweiertreff letztens in der Klasse vor deinem Referat...«

Ich schüttele den Kopf. »Da war überhaupt nichts. Das weißt du ganz genau.«

Sara grinst. »Für ihn schon, wie er dich jetzt manchmal so ansieht... Da hast du echte Chancen!«

»Ach Quatsch!«, sage ich halbherzig. »Mhm«, ich überlege, fühle mich doch irgendwie geschmeichelt. »Meinst du wirklich?«

Statt einer Antwort verdreht Sara die Augen. »Also, beschlossen und verkündet: Robert bleibt zu Haus und wir gehen allein zu der Party! Wir wollen uns mal wieder richtig amüsieren, okay?«

Ich seufze. »Na gut, aber... was sage ich Robert? Ich hab ein verdammt schlechtes Gewissen, glaube ich.«

Sara krallt sich eins ihrer großen Plüschkissen und wirft es mir an den Kopf.

»Marie, mach nicht wieder deine großen Unschuldsaugen! Besser ein verdammt schlechtes Gewissen als ein verdammt dröger Abend! Habe ich Recht? Also, was ziehen wir an? Ich finde, du könntest mal dein Piercing präsentieren! Wozu hast du es dir denn machen lassen, wenn es jetzt keiner sehen soll?«

Sara hat ja Recht. Aber mir ist der kleine silberne Schmuck am Bauchnabel selbst noch fremd. Mama hat fast einen Schreikrampf gekriegt, als sie ihn neulich entdeckt hat. Und irgendwie staune ich noch immer darüber, dass ich den Mut hatte, mir so ein Ding stechen zu lassen...

5

Das war vielleicht eine Scheiße! Fragt die mich doch glatt, ob sie jemand mitbringen kann! Am liebsten hätte ich die ganze Fete abgeblasen. Aber ich wär mir so blöd vorgekommen, wenn ich allen zwei Tage vorher absagen müsste. Und mit was für 'ner Begründung denn? Marie will leider mit ihrem Freund kommen... Na toll! Und ich Mega-Trottel habe mir schon wieder Hoffnungen gemacht, nur weil sie einmal nett mit mir geredet hat.

Na ja, jetzt habe ich mich schon fast daran gewöhnt. Soll sie ihn halt mitbringen. Von so 'ner Kleinigkeit lass ich mir doch meine Fete nicht vermiesen!

Es ist Samstagabend, kurz nach acht. Fast alle Gäste sind schon da. Im Keller, der in rotem und blauem Licht strahlt, tummeln sich bereits gut zwanzig Leute. Ich habe fast die halbe Klasse eingeladen, manche sind mit ihren Freunden oder Freundinnen gekommen, bei einigen ist das nicht so eindeutig.

Marie ist noch nicht da. Die meisten haben sich ganz schön aufgebrezelt. Da ist die dicke Jenny, die mit ihren schätzungsweise siebzig Kilo keine Probleme zu haben scheint; sie trägt eine enge schwarze Jeans und dazu 'nen glitzernden Schlabberpulli. Munter mampft sie einen Chip nach dem anderen in sich hinein. Sie steht direkt vor dem Tisch mit den Speisen und Getränken. Die meisten Leute haben was zu essen mitgebracht: Nudel- und andere Salate, kleine Brötchen, leckere Nachspeisen und Knabberzeug. Für die Getränke haben Tom und ich gesorgt. Es gibt Cola, Wasser, Säfte, Red Bull und noch ein paar andere mitgebrachte Getränke.

Dicht neben der dicken Jenny steht der zweite Außenseiter der Klasse, der kleine Klaus; sein auffälligstes Merkmal: Er schwitzt ständig wie ein Pferd und hat unzählige Pickel. Die beiden schnattern aufgeregt, werden sich wahrscheinlich den ganzen Abend aneinander festhalten, dann droht keine Gefahr der Ablehnung von anderer Seite.

Gerade ist Angie gekommen. Sie trägt einen verdammt kurzen knallroten Mini und hohe Schuhe, Stilettos oder wie die Dinger heißen. Ich stehe mit Tom an der Bar und schaue, ob alle gut versorgt sind. Angie steht nun inmitten einer Traube von Jungs und Mädchen, die alle an ihren grell geschminkten Lippen hängen, sie wirft einen abschätzigen Blick auf die Getränke und sagt dann laut in meine Richtung: »Gibt's hier nur Kindergetränke oder hast du irgendwo den Alk versteckt?«

»Da drüben steht 'n Träger Bier«, sage ich und deute auf den Vorraum.

»Wo denn?! Ich seh nichts …«

»Komm, ich zeig's dir.«

Angie löst sich von der Gruppe und kommt zu mir. Ich begleite sie in den Vorraum. Obwohl ich meine Stiefel mit den Absätzen trage, ist sie genauso groß wie ich. Sie trägt ein ärmelloses Top mit leichten Trägern, das an Bauch und Brust viel Haut zeigt. Um den nackten linken Oberarm trägt sie einen breiten Silberreifen. Sie stellt sich dicht vor mich hin.

»Na, was willst du mir denn zeigen …?«

»Äh … das Bier ist da unten. Hier im Vorraum ist es nicht so warm, deshalb …« Ich greife ein Bier aus dem Träger, der vor der Tür zum Nebenraum steht, und strecke es ihr hin. »Bitte.«

»Danke, du bist ein Schatz. Na, was ist denn dahinter versteckt?«

Ehe ich es mich versehe, hat Angie die Tür zum Nebenraum einen Spalt geöffnet. »Ah, hier sind die harten Sachen, verstehe …« Sie grinst mir verschwörerisch zu und schließt die Tür wieder.

In dem Raum befindet sich ein Weinregal, alte Gläser und ein paar Sprituosen. Am liebsten würde ich den Raum sofort absperren, aber ich komme mir so spießig vor. Muss später daran denken.

»Bill ist wohl noch nicht da?«, fragt Angie.

»Nö, der kommt nie vor zehn«, sag ich.

»Ach, wieso das?«

»Weiß nicht, ist so 'ne Eigenart von ihm.«

Das stimmt. Bill taucht bei Abendverabredungen nie vor zehn Uhr auf. Macht stets ein Mordsgeheimnis draus. Vielleicht trifft er sich mit irgendwelchen Frauen? Na, egal, wir gehen wieder rein. Tom hat gerade eine heiße Scheibe aufgelegt, »Lose yourself« von Eminem. Zwei, drei Paare tanzen schon. Oder besser gesagt, fünf oder sechs Leute tanzen allein vor sich hin. Der Rest steht herum und peilt noch die Lage.

Oben an der Haustür klingelt es. Ich hetze die Kellertreppe hoch und öffne die Tür. Sara und Marie stehen davor.

»Hallo, Daniel«, sagt Sara und streckt mir eine große Glasschüssel entgegen, die mit Silberpapier bedeckt ist. »Das ist von uns beiden, ist ein Salat drin.«

Ich gucke mich um, ob noch jemand mitgekommen ist. Marie bemerkt meinen Blick.

»Du, sorry, dass wir so spät sind … mein Freund kommt doch nicht mit«, sagt sie.

Was? Wie? Wo? Einen Moment stehe ich auf der Leitung. Dann sag ich, weil mir nichts Besseres einfällt: »Na, macht nichts, ich bin ja da.«

Marie blickt mich nur stumm an, dann prustet Sara plötzlich los. Na, immerhin, wenigstens sie findet meine Antwort witzig.

»Ja … äh, jetzt kommt erst mal rein«, sag ich, »da vorne könnt ihr die Jacken aufhängen.« Ich schließe die Tür, die beiden gehen rüber zur Garderobe und ziehen ihre Jacken aus. Ich würde Marie gerne ihre Jacke abnehmen, aber das geht nicht, weil ich die blöde Riesenschüssel halten muss.

Und dann dreht sie sich zu mir um und schaut mich leicht verunsichert an.

*H*immel, wieso starrt mich der so an? Ist meine Wimperntusche verschmiert oder ist was mit meinen Haaren? Ich hätte sie doch zusammenbinden sollen, sieht bestimmt immer noch total aufgetakelt aus. Warum habe ich mich nur von Sara dazu überreden lassen, mir Lockenwickler reinzudrehen, um »mehr Fülle« zu haben?

Sara hatte steif und fest behauptet, sie hätte eine neue Drehtechnik, die »ganz natürlich« wirken würde. Ich Blödkopf hab mich darauf eingelassen und fast einen Schreikrampf gekriegt, als sie die Wickler rausnahm. Ich sah aus wie ein Rauschgoldengel! Wir haben eine halbe Stunde gebraucht, um das mit dem Fön wieder einigermaßen hinzukriegen. Braucht schließlich keiner zu merken, dass wir vor der Party zwei Stunden vor dem Spiegel verbracht haben! Allein die Diskussion, ob ich mich wirklich zu dieser kurzen, durchsichtigen Bluse durchringen soll, hat fast eine Ewigkeit gedauert! Und dann noch der Anruf von Robert, als wir gerade loswollten.

»Musst du wirklich den ganzen Abend lernen? Kann ich nicht doch noch vorbeikommen?«

Vielleicht hätte ich mir doch eine bessere Ausrede einfallen lassen sollen …? Was soll's, jetzt bin ich hier und spüre dieses schrecklich schöne, erwartungsvolle Kribbeln im Bauch. Ich glaube, das wird eine super Fete heute …

Irgendwas an ihr ist anders. Ihre Augen wirken dunkler und ihre Haare ein wenig voller und leicht gewellt. Sie trägt eine weiße, fast durchsichtige Bluse, die den Bauch frei lässt, darunter schimmert leicht ein dunkler BH durch. Dazu trägt sie eine Jeans, die auf der Hüfte sitzt. Hey, und am Bauchnabel hat sie ein Piercing. Scharf! Hätte ich ihr gar nicht zugetraut.

Ein rundes, kleines Schmuckstück direkt im Bauchnabel, und darüber, etwas abgesetzt, eine winzige silberne Perle. Mann, sie sieht endgeil aus, irgendwie viel erwachsener.

Mein Mund ist ganz trocken. »Wollt ihr vielleicht was trinken?«

»Ja, das wäre toll«, sagt Marie und lacht mich an. »Wo geht's denn lang?«

»Da«, ich deute in Richtung Kellertreppe.

»Na endlich«, sagt Sara und geht als Erste los, »ich dachte schon, ihr wolltet hier Wurzeln schlagen.«

Wir gehen alle drei in den Keller. Die nächste halbe Stunde kümmere ich mich nur um die Gäste, komme zu gar nichts. Der eine sucht ein Glas, der zweite will was essen, dem dritten muss ich erklären, wo die Toilette ist, und der vierte liegt mir in den Ohren, was er unbedingt als nächsten Song hören will.

Nach 'ner guten Stunde habe ich es noch immer nicht geschafft, mit Marie zu tanzen. Beim ersten Mal ist mir der picklige Klaus zuvorgekommen, wahrscheinlich hat Marie es nicht übers Herz gebracht, ihm einen Korb zu geben, und das zweite Mal – Tom hat sich nicht entblödet, eine »Damenwahl« anzukündigen – ist Marie schnurstracks auf Sara zugelaufen, und beide Mädchen waren sichtlich erleichtert, dass sie nicht irgendeinen Jungen auffordern mussten.

Ein Song ist gerade zu Ende, irgendwas von Robbie Williams, Musikwechsel. Die meisten setzen sich auf die Matratzen, holen sich was zu trinken oder essen noch einen Happen. Ich gehe zu Tom an die Bar, mache ihm das verabredete Zeichen, er soll einen schnellen Song auflegen und danach zwei, drei langsame – schon zum dritten Mal mache ich ihm jetzt das Zeichen, dieses Mal muss es endlich klappen! –, dann gehe ich zu Marie, die mit einem Glas in der Hand neben Sara an der anderen Seite des Raumes steht.

»Na, gefällt's dir?«, sage ich.

»Ja, prima, tolle Fete, macht echt Spaß«, sagt Marie und lächelt mich an.

»Hast du schon was gegessen?«

O Mann, was Banaleres fällt mir nicht ein.

»Hm, danke.« Marie nickt.

»Willste mal tanzen?«, sage ich und tue so, als ob es die beiläufigste Frage der Welt wäre.

»Äh, ja… warum nicht.«

Wir mischen uns unter die Tanzenden. Tom hat gerade »Dirty« von Christina Aguilera aufgelegt, was Schnelles. Wir tanzen beide mehr für uns selbst, nur hin und wieder riskiere ich einen kurzen Blick. Zweimal fange ich ein Lächeln von ihr auf. Dann ist der Song zu Ende. Jetzt gilt's! Tom, bitte mach keinen Scheiß! Oh, Gott sei Dank, er hat's kapiert. »Aicha« von Outlandish. Was ganz Langsames. Wagemutig mache ich einen Schritt auf Marie zu und lege meine rechte Hand behutsam auf ihre nackte Hüfte. Maries Haut ist toll warm. Wir wiegen uns ganz langsam hin und her, bewegen unsere Füße kaum von der Stelle. Sie passt sich einfach meinem Rhythmus an. Ich werde ein bisschen mutiger und lege auch meine zweite Hand auf ihre Hüfte. Hey, ich glaub, sie hat gerade eine Gänsehaut gekriegt. In irgendeinem Buch habe ich mal gelesen, Gänsehaut ist der beste Anzeiger für erotische Gefühle, vielleicht stimmt das ja sogar.

Daniels Hand auf meiner nackten Haut ... das fühlt sich seltsam an, irgendwie ... ja intim, aber schön! Ich schließe die Augen. Nach Saras wilden Vermutungen hatte ich schon die ganze Zeit damit gerechnet, dass Daniel zu mir rüberkommt. Aber das ist alles Quatsch, er hat mich bisher kaum beachtet, geht voll in seiner Rolle als Gastgeber auf. Dabei wäre ich heilfroh gewesen, wenn er mich vor dem peinlichen Tanz mit Klaus bewahrt hätte. Das war vielleicht ein Krampf!

Das hier ist anders. Daniel hat ein totales Gefühl für die Musik, nur ganz leicht liegt seine Hand auf meiner Haut, aber wir haben den gleichen Rhythmus, als wäre ein Gummiband zwischen uns. Der Druck seiner Hand wird ein ganz klein wenig stärker.

Daniel hat total schöne Hände und schöne Unterarme. Das habe ich vorhin gesehen, als er die Gläser voll geschenkt hat. Ich mag Jungs mit gut geformten Unterarmen, fest, nicht zu kräftig, ein bisschen sehnig.

Sara lacht immer über diese seltsame Vorliebe. »Andere Mädchen stehen auf Bizeps und Brusttoupet und du schwärmst von Unterarmen ...!«

Ich schiebe meine Hand von seiner Schulter etwas höher bis in seinen Nacken. Wie zufällig gleiten meine Finger in seine Haare. Himmel, was mache ich hier eigentlich? Ich will doch nichts von Daniel, oder? Ich bin mir nicht sicher ... ist auch egal! Ich mach einfach, wozu ich Lust habe, bloß nicht grübeln jetzt. Daniel drückt mich etwas fester an sich. Oder habe ich mir das nur eingebildet? Nein, wir sind uns nah, sehr nah ...

Der erste langsame Tanz mit Marie ist zu Ende. Ich bleibe einfach so eng mit ihr stehen. Hey, Wahnsinn! Sie lässt mich nicht gleich los. Bleibt einfach so an mich gelehnt stehen, wartet ab, ob als nächste Musik ein schneller oder ein langsamer Song kommt...

Aus den Boxen ertönt nur ein Schlagzeug. Es ist nicht auszumachen, was das für eine Musik wird. Mensch, Tom, was legst du denn da für ein Zeug auf! Ich versuche, ihm ein Zeichen zu geben, aber in dem Halbdunkel sieht er mich nicht, außerdem möchte ich die schöne Haltung mit Marie nicht aufgeben.

Ein softer, lang gezogener Orgelton ertönt. Maries Körper beginnt, sich langsam hin- und herzuwiegen. Und dann ertönt die Reibeisenstimme von Bruce Springsteen. Ja, jetzt erkenne ich den Song »Streets of Philadelphia« aus dem Film. Ich halte Marie im Arm, verstärke den Druck meines Körpers ein ganz klein wenig. Mensch, Tom, genial, die Musik. Und das Licht dimmt er noch weiter herunter. Marie weicht nicht zurück mit ihrem Körper, nein, kein bisschen, im Gegenteil, sie drückt ihren Körper sogar ein wenig fester an meinen. O Mann, ich glaub, ich krieg einen Steifen, so ein Mist! Warum gerade jetzt? Das will sie doch sicher nicht. Vielleicht merkt sie's gar nicht. Ich schließe ganz fest die Augen, bleibe so eng mit ihr, koste es, was es wolle. O Mann, ist das schön, hoffentlich dauert das Lied 'ne halbe Stunde. Mein Herz schlägt bis zum Hals, meine Wange liegt an ihrem Haaransatz, ich spüre sie atmen, sie schwitzt, oder bin ich das? Egal, sie löst den Druck nicht auf. Im Bauch habe ich so ein Kribbeln wie noch nie. Jetzt weiß ich, was das bedeutet: Schmetterlinge im Bauch. Es ist so schön, es soll nie aufhören.

Abrupt löst sich Marie von mir und ich reiße die Augen auf. Wieso ist denn das plötzlich so hell hier?

Ein Fremder steht in der Tür zum Keller und starrt Marie mit großen Augen an.

ROBERT! Das darf nicht wahr sein! Was macht der denn hier? Schnell löse ich mich von Daniel und starre Robert entgegen. Am liebsten würde ich im Boden versinken. Das ist ja der schiere Albtraum!

Robert sagt kein Wort, schaut nur kurz zwischen Daniel und mir hin und her, dann packt er mich am Arm und zieht mich quer durch den Raum zur Treppe. Sein Gesicht ist verzerrt vor Wut.

»Marie!«

War das Daniels Stimme? Ich weiß es nicht, will mich nicht umdrehen, niemandem in die Augen sehen müssen. Stumm beobachten die anderen unseren Abgang. Nur die Musik dröhnt weiter. Plötzlich ist Sara da! Sie stellt sich Robert in den Weg. Ihre Augen blitzen.

»Hey, das kannst du nicht machen! Lass Marie sofort los! Sie kann ja wohl selbst entscheiden, ob sie hier bleiben will oder nicht.«

Ich nicke ihr zu. »Schon gut, Sara! Ich kläre das schon. Ich… ich… muss hier raus, sofort!«

»Okay…« Sara geht einen Schritt zur Seite.

Die Treppe rauf, der Griff nach meiner Jacke, das Schlagen der Haustür und dann die nächtliche Stille. Kein Mensch ist auf der Straße. Ich fühle mich wie in einem Vakuum, alles ganz unwirklich.

Wir wechseln kein Wort, keinen Blick. Robert hält mir die Wagentür auf, startet den Motor. Eine Weile fahren wir stumm durch die Nacht, der Mond ist hinter einer dicken Wolke verschwunden. Es ist stockdunkel. Ich warte auf das, was kommen muss. Bin fast erleichtert, als Robert endlich loslegt.

»Ich fasse es nicht! Eine blödsinnige Fete mit deinen pubertierenden Klassenclowns ist dir wichtiger als ein Abend mit mir!« Roberts Stimme überschlägt sich fast. »Mir erzählst du was von Lernstress, wegen einer kurzfristig angesetzten Klausur, dabei rennst du halb nackt und aufgemotzt in den nächstbesten Partykeller, um dich von schwitzenden Pickelgesichtern betatschen zu lassen! Und ich darf mich seit Monaten mit Klein-Mädchen-Küsschen zufrieden geben!«

»Hör auf!«, sage ich, »hör bitte auf, ich will nicht…«

Robert lacht bitter auf. »Und ich Idiot will dich aus deinem angeblichen Lernstress rausholen, auf eine schnelle Pizza einladen, komme hierher und erfahre dann von deiner Mutter, dass du auf eine Fete gegangen bist!« Er starrt mich an. »Kannst du dir vorstellen, wie peinlich mir das war? Auch vor deiner Mutter? Immerhin hat sie mir die Adresse von diesem Typen gegeben. Und SIE hat sich bei mir entschuldigt – für DEIN Verhalten!« Robert schüttelt den Kopf. »Ich bin so enttäuscht von dir!«

Er stoppt den Wagen. Wir stehen vor unserem Haus. Ich habe noch kaum ein Wort gesagt.

»Willst du Schluss machen?«, frage ich und wundere mich, dass ich keinerlei Panik oder Schmerz empfinde, nur eine eigentümliche Leere.

Überrascht sieht mich Robert an, ein leiser Anflug von Unsicherheit huscht über sein Gesicht. »Davon war doch gar nicht die Rede! Ich weiß nicht, nein, ich ... ich denke, ich könnte dir vielleicht verzeihen, wenn du mir zeigst, dass du mich gern hast, dass es dir Leid tut ...«

Ich starre auf die Hände in meinem Schoß, die Hände, die eben noch Daniel gehalten, seinen Nacken berührt haben. Keine Sekunde habe ich an Robert gedacht, habe mich einfach nur frei und unbeschwert gefühlt. Ich zwinge mich, Robert anzuschauen. Er spürt, dass etwas nicht stimmt, dass sich unsere Rollen auflösen, er nicht mehr der Ankläger ist, ich nicht die reuige Sünderin.

»Robert, ich glaube, es hat keinen Zweck mehr mit uns«, sage ich und habe das Gefühl, diesen Satz schon in hundert Büchern gelesen zu haben.

Robert starrt mich an. Bestürzt. »Aber Marie ... das kriegen wir doch wieder hin. Ich ...«

Ich schüttele den Kopf. »Nein, ich will nicht mehr! Ich fühle mich erdrückt von dir, kontrolliert. Mir ist das alles zu viel, zu eng. Ich will noch was mitkriegen vom Leben, verstehst du? Ich will mich nicht für jeden Schritt rechtfertigen müssen!«

»Aber das verlange ich doch gar nicht!« Roberts Stimme klingt jetzt leise. Verletzt. »Ich tu doch alles für dich!«

Ich seufze. »Das ist es ja, ich kann's dir nicht richtig erklären. Ich will nicht nur so behütet und verwöhnt werden! Ich will richtig leben, verstehst du? – Mensch, Robert, ich bin fünfzehn!«

»Aber du bist doch viel reifer.«

»Ich weiß nicht, heute fühle ich mich nicht besonders reif.«

Ich lege meine Hand an seine Wange, frisch rasiert. Ich registriere es ganz automatisch, ebenso wie das perfekt gebügelte Hemd, das dezente Aftershave. Ein Hauch von Sehnsucht überkommt mich. Es wäre jetzt so einfach, meinen Kopf in seine Halsbeuge zu legen, sein Arm würde mich umschließen, Geborgenheit, Sicherheit geben...

Nein, das kann nicht alles sein! Ich richte mich auf, sehe ihn an. »Ich gehe jetzt rein, Robert. Sei mir bitte nicht böse, ja?«

»Warte!« Einen Moment lang hält Robert meine Hand fest, schaut mir in die Augen. »Keine Chance?«

Ich schüttele den Kopf, öffne die Tür. »Ich ruf dich an, ja?«

Endlich draußen. Robert startet den Wagen, fährt an, ist fort. Ich atme tief durch, spüre die Kühle der Nacht und horche in mich hinein. Was fühle ich? Melancholie, Einsamkeit und... pure Erleichterung.

Ich hatte so gehofft, dass Marie zurückkommt. Sara hat mir von Robert erzählt. Mann, ich hätte nie gedacht, dass Marie so einen Spießer mit steifem Hemdkragen und geschniegeltem Kurzhaar zum Freund hat. Nach zwei Stunden Warten war klar, dass sie nicht mehr auf mein Fest zurückkehrt. Sara ist dann auch gegangen.

Schließlich ist Bill aufgetaucht und dann ist der Rave abgegangen. Wir haben die Musik voll aufgedreht und Tom, Bill und ich haben uns die Shirts nass getanzt. Angie ist plötzlich mit 'ner Flasche Kognak aufgetaucht, die schnell die Runde macht.

Es ist schon nach Mitternacht und ich bin ziemlich bedudelt. Über die Hälfte der Leute ist bereits gegangen. Der harte Kern, etwa zehn Leute, tanzen noch. Bill und Angie stehen sich fast auf den Füßen, so dicht sind sie zusammen. Plötzlich schreit Angie auf. »Nimm die Finger weg!!«

»Hey, was hast du denn?« Bill lässt ab von ihr, steht da wie ein begossener Pudel. Unsere Blicke treffen sich, er zuckt die Schultern: soll sich nicht so zieren, die Zicke.

»Lass mich bloß in Ruhe!« Angie wirbelt herum und verlässt mit hochgereckter Nase den Kellerraum.

Bill schnappt sich von der Bar ein Bier, tanzt weiter, hält sich jetzt eben an der Flasche fest, auch gut.

Ich sondiere die Lage. Der Kurzauftritt von Angie hat die Stimmung nicht nachhaltig gestört, die meisten tanzen im Halbdunkel weiter, als ob nichts gewesen wäre. Sie scheinen Angie lange genug zu kennen, um zu wissen, dass sie das ab und zu nötig hat, um im Mittelpunkt zu stehen. Ich gehe ihr hinterher, schaue, wo sie abgeblieben ist, auch im

Vorraum ist sie nicht. Die Tür zu dem dunklen Nebenraum steht einen Spalt offen. Ich schlüpfe in den kleinen Raum und muss mich erst langsam an die Dunkelheit gewöhnen. Angie steht an ein Weinregal gelehnt und starrt die gegenüberliegende Wand an, ohne Notiz von mir zu nehmen. Aber sie hat mich sicher schon längst erkannt. In einer Hand hält sie eine Flasche, die sie jetzt an den Mund führt. Sie trinkt einen großen Schluck, streckt mir dann die Flasche hin, immer noch, ohne mich anzusehen. Ich trinke einen Schluck, der scharfe Kognak brennt mir im Hals.

»Was war denn gerade los?«, frage ich und lehne mich neben sie an das Regal.

»Ach, vergiss es.«

Unsere Oberarme berühren sich. Auch mein Arm ist halb nackt, ich trag nur noch ein kurzes schwarzes T-Shirt. Sie rückt nicht weg von mir, und ich spüre die Hitze, die ihr Körper ausstrahlt. Im Halbdunkel riskiere ich einen Blick auf ihre Brüste, sie heben und senken sich leicht in dem ärmellosen Top. Ich höre ihren Atem, dann schaue ich ihr in die Augen, auch sie dreht den Kopf zu mir, ich sehe das Weiße in ihren Augen, und sie wendet den Blick nicht ab, fixiert mich auf eine fast sachliche Weise. Ich drehe mich zu ihr, stehe nun dicht vor ihr. Ihr Gesicht ist nur noch Zentimeter von meinem entfernt. Und dann, ohne nachzudenken, küsse ich sie auf den Mund.

Wahnsinn, sie weicht nicht zurück! Das lässt mich mutiger werden. Ich drücke meinen Körper gegen ihren und umarme sie. Sie öffnet leicht ihren Mund und ich spiele mit meiner Zunge an ihren Lippen. Dann spüre ich, wie ihr Knie sich zwischen meine Beine schiebt. Und nun beginnen auch ihre Lippen zu arbeiten. Ich schiebe ihr meine Zunge in den Mund.

Alles dreht sich in meinem Kopf. Ich presse sie fester an mich und höre nicht auf, sie zu küssen. O Mann, was für ein irres Gefühl, sie hat so ein richtiges Samtmaul.

Ich lege eine Hand auf ihre Brust und streichle sie. Durch meine Berührung wird ihre Brustwarze hart. Aber wegen dem dummen starren BH bekomme ich die Brust nicht richtig zu fassen. Ihr Körper ist so herrlich weich und warm. Angie packt mich mit beiden Händen am Hintern und drückt mich fester an sich. Und dann lass ich mich einfach fallen, mache die Augen zu und fühle und grapsche und taste und küsse...

Jegliches Zeitgefühl ist mir abhanden gekommen. Wie lange wir hier wohl schon stehen? Zwei Minuten, zehn Minuten, eine halbe Stunde? Ich weiß es nicht. Als ich die Augen wieder aufmache, habe ich einen schalen Geschmack im Mund. Maries Bild steht mir plötzlich vor den Augen und ich lasse ab von Angie.

O Mann, ist mir schlecht.

»'tschuldige...«, murmele ich und rase die Treppen hoch...

6

Sonntagmorgen. Ich will nicht wach werden, will einfach weiterdämmern, nicht nachdenken. Aber es hilft nichts.

Mein erster Blick fällt auf den kleinen Plüsch-Marienkäfer auf meinem Nachttisch. *Ein Glücksbringer für Marie, die mir das Glück gebracht hat*, hatte Robert damals auf das Kärtchen geschrieben. Robert. Ich rolle mich zusammen und drehe das Gesicht zur Wand. Fast ohne es zu wollen, greife ich hinters Bett, ziehe die Kopfhörer hervor und schalte den CD-Player an. *Beautifull…* unser Lied. Erinnerungen. An unser erstes Picknick im Frühling auf der Wiese hinter dem alten Bahnhof, mein Kopf an Roberts Schulter, wie zart er mich geküsst hat, ganz vorsichtig, tastend, nicht so gierig, feucht und ungeschickt wie die Typen, die vorher ihren Mund auf meinen gepresst haben.

Verdammt, jetzt kommen doch die Tränen und zu allem Überfluss höre ich auch noch Mamas rasche Schritte auf der Treppe. Schnell vergrabe ich mein verweintes Gesicht im Kissen.

Ein leises Klopfen, dann geht die Tür auf. »Marie, komm frühstücken!«

»Keinen Hunger«, murmele ich ins Kissen.

Aber meine Mutter lässt sich nicht abwimmeln. Schon sitzt sie auf meinem Bett und bohrt ihren forschend vorwurfsvollen Blick in meinen Rücken.

»Marie, was war denn gestern überhaupt los? Plötzlich steht Robert vor der Tür, um dir eine ›Lernpause‹ zu verschaffen, und ich muss ihm sagen, dass du auf eine Fete gegangen bist!«

Abrupt drehe ich mich um. »So, *musstest* du das sagen? War das unbedingt notwendig?«

»Was sollte ich denn sonst machen? Es ging alles so schnell.« Mama streicht mir besorgt das Haar aus dem Gesicht. »Ach, Marie, du hast ja geweint ... Es tut mir Leid, wenn du Krach hast mit Robert, aber du kannst wirklich nicht von mir verlangen, deine Lügengeschichten zu decken! Mit Robert kann man doch über alles reden! Das hat er nicht verdient.«

»Es ist Schluss mit Robert«, sage ich einfach, damit sie ruhig ist.

Es wirkt. Erschrocken sieht meine Mutter mich an. »Weil du allein auf diese Fete gegangen bist? Na komm, das wird er sich noch mal überlegen, Marie! Der Junge liebt dich, er wird dir verzeihen.«

Sie versteht es nicht. »ICH habe Schluss gemacht, Mama! Nicht Robert.«

»Du?« Sie schüttelt ungläubig den Kopf. »Aber wieso das denn? Hat er dir Vorwürfe gemacht? Soll ich mal mit ihm reden?«

Das wird ja immer schlimmer. »Nein!«

»Aber du bist doch kreuzunglücklich über die Trennung!«

»Ja, natürlich! Das heißt, nein, nicht wirklich. Ich meine, ich weiß, dass ich nicht mehr mit ihm zusammen sein will. Aber ich bin trotzdem traurig. Verstehst du das denn nicht?«

»Nein, tut mir Leid, das verstehe ich nicht!« Sie steht auf. »Denk bitte noch mal darüber nach, Marie! Lass dir ein bisschen Zeit. Wir gehen nach dem Frühstück mit Ricky rüber zu Staudners. Dann hast du Ruhe hier.« Mama schließt die Tür hinter sich.

Aufatmend lasse ich mich zurück ins Kissen fallen, werfe die Kopfhörer hinters Bett und drehe den Marienkäfer mit dem Gesicht zur Wand. Manchmal begreift Mama wirklich überhaupt nichts! Aber vielleicht ist es auch nicht zu verstehen. So richtig begreife ich es ja selber nicht. Ich schließe die Augen. Noch ein bisschen träumen.

Statt Robert sehe ich jetzt Daniel vor mir, erinnere mich an das Gefühl seiner Hände auf meiner Haut, spüre jeden einzelnen Finger, umschlinge mit den Armen meinen Körper, um das Gefühl von gestern Abend zurückzuholen. Seine Wange an meiner Stirn, an meinem Haar, erhitzt, angenehm, fast spüre ich noch seinen Atem.

Die anderen haben ganz schön geguckt, so eng haben wir getanzt… Ich glaube, Daniel hatte sogar eine Erektion, bin mir aber nicht sicher. Ist schon komisch: Was mich sonst stört, mir peinlich ist, fand ich gestern Abend ungemein prickelnd. Dass ich eine solche Erregung in ihm auslöse… gefällt mir irgendwie!

Energisch schwinge ich meine Beine aus dem Bett, greife automatisch nach meinem Handy. Vielleicht habe ich ja schon eine SMS von Sara? Nein, von Robert: *Bitte gib uns noch eine Chance. Ruf mich an. Robert.* Schnell werfe ich das Handy zurück in meine Tasche. Nein, ich will im Moment nichts von ihm hören, will keinerlei Kontakt.

Der Auftritt von Robert hat alles kaputtgemacht. Was Daniel wohl von mir denkt? Und die anderen? Ich muss unbedingt Sara anrufen. Sie muss mir genau erzählen, was gestern noch gelaufen ist. Jedes Detail will ich wissen!

Ungeduldig warte ich auf das Klappen der Haustür. Endlich. Ich bin allein. Ich schlüpfe in meinen dicken Bademantel und hole mir das Telefon von unten.

»Morgen, Frau Hilker, hier ist Marie, kann ich bitte Sara sprechen?«

Hoffentlich hat Sara ihrer Mutter nichts von gestern Abend erzählt. Wär mir unangenehm.

»Hallo, Marie.«

»Sara, na endlich! Hast du Zeit?«

»Ja, Moment, ich nehme das Telefon mit hoch.«

Ich hocke mich im Schneidersitz auf mein Bett und warte.

»So, da bin ich wieder. Mensch, Marie, das war ja wohl ein Auftritt gestern! Warum bist du nur mitgegangen mit Robert? Ich hätte den eiskalt abblitzen lassen.«

»Habe ich ja auch«, verteidige ich mich. »Ich hab Schluss gemacht, gestern Abend noch.«

»Hört, hört.« Sara zieht die Luft zwischen die Zähne. »Wie kam das denn? Erzähl mal genauer!«

»Du, ich weiß auch nicht. Wir saßen nebeneinander im

Auto, er war stocksauer wegen der Fete, machte mir Vorwürfe… kannst du dir ja vorstellen. Aber ich hatte gar keine Angst, dass er vielleicht Schluss machen könnte, verstehst du? Ich wünschte es mir fast, war schon seltsam…«

»Und dann?«

»Dann habe ich ihm eben gesagt, dass ich aber nicht mehr will, dass ich mich eingeengt fühle und so. Du weißt schon… Irgendwie war ich selbst überrascht, dass ich das rausgebracht habe!«

Sara schweigt einen Moment, dann sagt sie: »Finde ich gut, dass du es endlich geschafft hast, Marie! Aber wahrscheinlich brauchtest du wirklich einen Auslöser.«

Ich versteh nur Bahnhof. »Was denn für einen Auslöser?«

Sara kichert. »Einen, der gestern Abend fast am Ziel seiner Träume war. Aber eben nur fast.«

»Daniel!«

»Erraten! Direkt nachdem ihr weg wart, hat er mich ausgequetscht wie eine Zitrone.«

»Und was hast du ihm gesagt?«

»Erzähl ich dir gleich *en detail*. Ich hole mir nur mal eben was zu trinken, warte mal einen Moment!«

Ich balle die Fäuste. Das macht sie extra! Sara spannt mich liebend gern auf die Folter und ergötzt sich an meiner unverhohlenen Ungeduld. Na warte, der werde ich's demnächst heimzahlen!

Ich höre Saras Schritte.

»Da bin ich wieder. So, wo waren wir?«

»Bei Daniel.«

»Ach ja. Ja, ich hab ihm natürlich erzählt, dass Robert dein Freund ist.« Sie macht eine Kunstpause. »Aber auch, dass da nicht mehr allzu viel läuft.«

»Gut«, sage ich. »Und was hat er gesagt?«

»Dass das aber nicht so aussah, als würde da nichts mehr laufen.«

»Und konntest du ihm das ausreden?«, frage ich ungeduldig.

»Ist das so wichtig?« Ich höre, wie Sara lautstark eine Salzstange zerbeißt. Sie hat immer eine Packung neben dem Bett liegen.

»Ich glaube schon, ja«, gebe ich zu.

»Habe ich mir gedacht«, sie kichert leise. »Nach eurer Tanzeinlage da gestern... Ich dachte, ihr knutscht gleich rum.«

»Quatsch«, sage ich, »so wild war's nun auch nicht.«

»Sah aber wild aus«, sagt Sara. »Habe ich dir gar nicht zugetraut.«

»Wieso das denn nicht?« Empört werfe ich meine Haare nach hinten. »Erzähl lieber, was noch gelaufen ist gestern Abend!«

Sara überlegt einen Moment. »Ich bin auch nicht mehr allzu lange geblieben. Daniel hat, glaube ich, noch einige Biere gezischt und ich habe mich ein bisschen mit Tom unterhalten.«

»Habt ihr getanzt?«

»Nö, Tom hatte so viel mit der Musik zu tun.«

»Hättest du denn gern?«

»Na ja, er sieht schon toll aus, findest du nicht?«

Ich zucke die Achseln. »Ja, kann sein …«

Sara seufzt. »Ich sehe, du bist schon in dem Stadium, wo man blind wird gegenüber den Reizen anderer Typen. Ich schlage vor, du sprichst mit Daniel und erklärst ihm die Sache mit Robert.«

»Was soll ich Daniel denn sagen?«

»Dass Schluss ist, natürlich!«

Ich schüttele den Kopf. »Wie stellst du dir das denn vor? Das wird doch mega-peinlich!«

Sara kichert. »Wir können ja einüben, was du ihm sagst …«

»Mach dich nicht über mich lustig.« Ich entknote meine Beine und stehe auf. »Ich muss jetzt nachdenken. Wir sehen uns morgen, okay?«

Sara lacht. »Okay, und ein kleiner Tipp: Am besten erwischst du Daniel kurz vor dem Unterricht in der Raucherecke …«

Ich knalle den Hörer auf die Gabel. Da kann Sara lange drauf warten. Das mache ich nie! Was sollte ich Daniel denn sagen?

»Du, ich habe mit meinem Freund Schluss gemacht, weil ich unseren Tanz so aufregend fand. Ich muss ständig an dich denken. An dich und deine Unterarme und deine Hände auf meiner Haut …?«

Ohne mich! Das mache ich niemals! NIE!

7

O Mann, ich hatte gestern vielleicht 'ne Birne! Um zwei Uhr früh sind die Letzten von der Fete heimgegangen und ich bin halb bewusstlos ins Bett getorkelt. Der Sonntag war ein Tag zum Abhaken.

Bis um eins hab ich im Bett gelegen. Der erste Gedanke beim Aufwachen war Marie. Was wäre wohl gewesen, wenn sie länger geblieben wäre? Und dann Angie. Es war schön, es war scharf, aber es war nicht wichtig. Hoffentlich erfährt Marie nichts von der Sache. Soll ich Marie eine SMS schreiben? Sara hat mir gestern noch die Handynummer von Marie gegeben. Wollte sie mir damit ein Zeichen geben? Haben die zwei Freundinnen sich vielleicht vorher sogar abgesprochen? Mitten in meine Gedanken hinein wurde plötzlich die Tür von meinem Zimmer aufgerissen, mein Vater stand in der Tür und hielt mir eine Standpauke. Der Keller sehe aus wie ein Schweinestall, und warum ich das gleich so ausnützen müsse, wenn er einmal nicht da sei?

Ich bin dann in den Keller geschlichen und habe erst mal das Gröbste weggeräumt, die Aschenbecher geleert, die halb vollen Gläser weggeschüttet und die Essensreste nach oben in die Küche gebracht. Draußen schien die Sonne, jeder einzelne Strahl tat mir weh und hat mich teuflisch geblendet. Am liebsten hätte ich mich in mein Zimmer verkrochen und nur gelesen. Hab gerade ein spannendes Buch in der Mache, hätte zu gerne drin weitergeschmökert. »Die fünfte Frau« von Henning Mankell, total spannend, habe ich bei meinem Vater aus dem Regal gezogen.

Jetzt ist Montag früh und ich sitze in der Deutschstunde. Mike, der rothaarige Klassenstreber, ein Zwerg mit Sommersprossen und Hornbrille, hält ein Referat über den Roman »Der Stechlin« von Theodor Fontane. Das Buch hat mich voriges Jahr schon zu Tode gelangweilt.

Marie sitzt nur paar Meter von mir entfernt. Wir haben uns vorhin bloß mit einem kurzen Blick begrüßt. Sie hat sofort wieder weggeschaut. Vielleicht war ihr der Auftritt von ihrem Freund auch ziemlich peinlich. Ich muss unbedingt mit ihr reden.

Ich weiß ja nicht, was man ihr gesteckt hat über mich und Angie. Wenigstens war Maries Freundin Sara nicht mehr da, zumindest soweit ich mich noch erinnern kann. Aber die dicke Steffi mit ihrem ewigen Durchhaltevermögen war wieder mal eine der Letzten auf meiner Fete. Sie verträgt einfach zu viel, hat auch mehr Masse, den Alkohol wegzustecken. Und die Mädchen tratschen doch alle, wahrscheinlich weiß Marie längst von meiner Knutscherei mit Angie.

So ein Mist! Was soll ich Marie denn eigentlich sagen? Und wo? In der Schule ist das fast unmöglich, immer sind hundert Leute um einen rum, wie soll man da nur in Ruhe mit jemandem reden können? Egal, in der Pause muss es passieren, vielleicht kann ich sie ja irgendwo alleine erwischen …

Die ersten zwei Stunden sind die reine Folter. Endlich ist Pause, Tom und ich stehen im Hof, und er frotzelt rum wegen Angie, aber ich habe nur Augen für Marie. Doch bis jetzt war sie noch keine Sekunde allein, immer schwänzelt diese Sara um sie herum und jetzt gesellt sich auch noch Steffi zu den beiden. Ich zünde mir eine Zigarette an und Tom sticht mir den Ellbogen in die Seite.

»Jetzt lass dir doch nicht jedes Wort aus der Nase ziehen, Daniel. Was lief da ab? Angie und du in dem engen Kabuff. Da war es doch total dunkel drinnen!«

»Na ja, und?«

»Und? Du bist gut. Allein mit Angie im Dunkeln, da kann ich mir einiges vorstellen …«

»Hm …«

»Du warst sicher über 'ne viertel Stunde mit ihr zugange!«

»Und wenn schon …«, sage ich genervt, »es ist nichts Besonderes passiert.«

»Glaub ich dir nicht! Ihr Lippenstift war total verschmiert, als sie wieder rauskam.«

»Hast ja alles ganz genau beobachtet, hm?«

»Hab ich …« Tom grinst mich an. Er macht noch einen Schritt auf mich zu und flüstert mir verschwörerisch ins Ohr: »Hast du sie ordentlich abgegriffen … ist alles echt bei ihr, hm? Los, sag schon!«

In diesem Moment sehe ich, wie Marie direkt zu mir hersieht. Ihr Blick geht mir durch Mark und Bein. Wahrscheinlich bin ich jetzt knallrot. Mir scheint es, als ob sie unser Gespräch mitgehört hat, obwohl sie mindestens zehn Meter von uns entfernt steht. Tausend Gedanken schießen mir durch den Kopf. Was ist, wenn sie gar nichts von mir wissen will? Wenn es schon eine Versöhnung mit ihrem Freund gegeben hat? Sara hat zwar gesagt, zwischen den beiden läuft nicht mehr viel, aber wer sagt denn, dass sie Recht hat?

Jetzt löst sich Marie von ihrer kleinen Gruppe und kommt direkt auf mich zu. Ich löse mich von Tom und gehe ihr entgegen. Vielleicht ist das die Gelegenheit.

Marie bleibt vor mir stehen.

»Hey, Daniel, ich wollte mit dir reden …«

»Ja, ich auch.«

»Ich wollte dir, ich meine … wegen Samstag … es war so blöd …«

»Ja, fand ich auch«, sage ich und unterbreche mich sofort, »ich … ich meine, ich fand's überhaupt nicht blöd, zumindest anfangs nicht …«

»Ja, weißt du, ich wollte mich eigentlich entschul …« Abrupt dreht Marie sich um und bemerkt, dass Steffi hinter ihr steht, die ihr nachgegangen ist. Marie wirft plötzlich ihr Haar zur Seite, sie scheint aus dem Konzept geraten zu sein.

Ich drehe mich um und sehe, dass auch Tom dicht hinter mir steht. Was wollen die denn von uns? Ich komme mir vor wie umzingelt.

Von der anderen Seite kommt nun Angie auf mich zu.

»Na, Kinder, gibt's hier 'ne Verschwörung, oder was? – Hey, Daniel, hast du den Samstag gut überstanden?« Sie nimmt mir die Kippe aus dem Mund, steckt sie sich zwischen die Lippen und stellt sich dicht neben mich, als ob wir seit Jahren ein Paar wären.

O Gott, jetzt ist alles kaputt!

Wie soll ich denn da nur jemals wieder herauskommen?

Angie hat mich völlig überrumpelt. Ich stehe da wie der größte Hornochse. Am liebsten würde ich im Erdboden versinken, weiß aber nicht, wie das geht.

Aus den Augenwinkeln beobachte ich Marie, sie wirkt wie erstarrt. Und Angie lacht mich an!

»Was ist los? Hat's dir die Sprache verschlagen?«

Vielleicht kommt Angie ja nur zu mir her, weil sie genau gesehen hat, dass mir Marie wichtiger ist als sie, und das passt ihr nicht. Aber vielleicht täusche ich mich auch. Egal, jetzt ist alles versaut. Marie glaubt sicher, ich habe was mit Angie und nur zwei Tage später will ich etwas mit ihr anfangen. O Mann, was muss sie bloß von mir denken!

*I*ch starre die beiden an, ohne mich zu rühren. Angie und Daniel, Daniel und Angie ... hämmert es in meinem Kopf. Himmel, war ich blöd! Ich könnte mich ohrfeigen und Sara dazu. Schließlich war sie es, die mir tagelang eingeredet hat, Daniel sei in mich verknallt. Dabei war ich nur eine Art Appetithäppchen, eine willkommene Überleitung zu diesem Superweib!

Fast körperlich spüre ich Angies spöttischen Blick. Wie konnte ich mir nur einbilden, gegen ihren Körper, ihre Erfahrung, ihre sichere, herausfordernde Art eine Chance zu haben? Gegen Angie wirke ich wie ein Kind, das noch mit Puppen spielt!

Wahrscheinlich haben sich Daniel und Angie vorgestern Abend schlappgelacht, nachdem ich mit Robert abgezogen war. O Gott, ich fühle mich so bloßgestellt, wie nackt! Am liebsten würde ich mich umdrehen und einfach wegrennen. Aber das würde alles nur noch schlimmer machen. Also reiße ich mich zusammen, blicke Daniel kühl an (gut, dass ich diesen Blick so lange mit Sara geübt habe) und versuche, meiner Stimme einen möglichst unbeteiligten Ton zu geben.

»Ich wollte mich nur kurz entschuldigen, dass mein Freund vorgestern in deine Party geplatzt ist.« Bei den Worten »mein Freund« ist Daniel leicht zusammengezuckt oder bilde ich mir das nur ein? Rasch spreche ich weiter: »… aber das scheint ja der allgemeinen Stimmung nicht geschadet zu haben.«

Angie rückt noch ein Stück näher an Daniel heran, schiebt ihre Hand auf seine Hüfte und grinst vielsagend. »Nö, danach ging es eigentlich erst richtig ab, was!«

Daniel reagiert überhaupt nicht, völlig bewegungslos steht er da und schaut mich an. Er ist ziemlich weiß um die Nase. Ich spüre eine leichte Genugtuung. Wenigstens scheint auch er sich nicht ganz wohl in seiner Haut zu fühlen.

Ohne ein weiteres Wort drehe ich mich um und stolziere hocherhobenen Hauptes zu Sara zurück. Ich sehne mich danach, endlich einfach losbrüllen zu können! Verdammt, wieso hängt denn ausgerechnet jetzt diese nervige Steffi bei Sara rum? Die fehlt mir gerade noch.

Sara blickt mir neugierig entgegen. »Na?«

Ich winke ab. »Später.«

Sara nickt. »Klar.«

Steffi blickt uns fragend an. »Bin ich im falschen Film? Was sind denn das für Geheimcodes?«

Sara lächelt zuckersüß. »Du wolltest uns doch von Samstagnacht erzählen? Haben wir noch was verpasst?«

»Kann man wohl sagen«, Steffi bläst ihre Backen auf. »Als nur noch der harte Kern da war, hat Daniel die richtigen Alkoholika aufgefahren, und dann war echt Stimmung!« Sie kichert. »Daniel war total blau und ist irgendwann mit Angie in einem dieser dunklen Kellerräume verschwunden.« Sie schaut uns vielsagend an. »Ist ja klar, was da gelaufen ist…! Von Angies Make-up war jedenfalls nicht mehr viel übrig, als die wieder reinkamen.« Steffi schüttelt den Kopf. »Aber irgendwie hätte ich das Daniel gar nicht zugetraut, das mit Angie. Ihr etwa?«

Sara hat mir einen schnellen, erschrockenen Blick zugeworfen. »Na hör mal, die beiden müssen doch nicht gleich rumgemacht haben, bloß weil sie 'ne Weile verschwunden waren.«

Steffi tippt sich an die Stirn. »Bist du blöd, oder was? Das war klar wie Kloßbrühe!«

»Schon gut, schon gut«, Sara winkt ab. »Du, Marie, wir wollten doch noch mal in die Schulbücherei. Kommst du?«

Bevor ich was sagen kann, packt mich Sara energisch am Arm und zieht mich davon. Quer über den Schulhof, die Treppen hinauf bis zum Mädchenklo. Kaum fällt die Tür hinter uns ins Schloss, fange ich an zu heulen. Ich habe mich so lange beherrscht, jetzt kann ich einfach nicht mehr!

Sara hält mich im Arm, streichelt meinen Rücken. »So schlimm, Marie?«

Ich kann nicht sprechen, nicke nur.

»Ach, Marie, es tut mir so Leid, ich habe dich in diese Sache mit Daniel reinmanövriert! Ich wollte Schicksal spielen und jetzt fühle ich mich schuldig.«

Sara zieht ein zerdrücktes Taschentuch aus ihrer Jacke. »Hier, nimm! Ich hätte einfach nicht gedacht, dass Daniel zu den Typen gehört, die nur eine schnelle Nummer abziehen wollen. Es tut mir Leid, Marie! So eine verdammte Scheiße!«

Nach einer Weile schiebt sie mich ein Stück von sich weg, schaut mir in die Augen. »Aber weißt du, die Männer sind alle ...«

»... Verbrecher«, beende ich mechanisch unseren alten Lieblingsspruch, dann werfe ich das nasse Taschentuch energisch ins Klo und ziehe die Spülung.

Drei Tage sind vergangen seit dem peinlichen Gespräch mit Marie, bei dem sich Angie so plump eingemischt hat. Alles ist so wahnsinnig verfahren, Marie scheint mir aus dem Weg zu gehen; dafür versuche ich, mich nicht mit Angie auseinander setzen zu müssen.

Das Einzige, was mir zur Zeit noch Spaß macht, ist Fußballspielen. Da vergesse ich alles. Heute hatten wir ein wichtiges Punktspiel gegen unseren Lokalrivalen Fortuna. 1:1 ist es ausgegangen, nachdem wir 85 Minuten 0:1 im

Rückstand gelegen hatten. Bill hat ein echtes Hammertor geschossen und ich habe ihm die Vorlage dazu gegeben. Gott sei Dank, denn an dem Gegentreffer war ich auch nicht ganz unschuldig, ich hatte einen fatalen Fehlpass geliefert. Tom, der alte Witzbold, hatte nachher lapidar gemeint, Danny habe beide Treffer vorbereitet...

Egal, ich bin froh, wenn ich mich so richtig auspowern kann und nicht an das leidige Problem mit Marie und Angie denken muss. Wobei mir Angie ehrlich gesagt ziemlich egal ist, ich ihr das aber nicht so einfach sagen kann. Ich glaube auch gar nicht, dass sie richtig mit mir gehen will, das schmeichelt mir zwar, aber...

Marie.

Muss dauernd an sie denken. Sie wollte ja auch mit mir reden. Was wollte sie mir wohl sagen?

Ich habe noch ein paarmal versucht, mit ihr zu sprechen, aber immer ist was dazwischengekommen, oder ich habe mich nicht getraut. Ihre Handynummer habe ich ja schon gespeichert auf meinem Handy. Mindestens zehnmal habe ich auf die Taste »Telefonbuch« gedrückt und dann auf »M«, und wenn dann »Marie« auf dem Display erscheint, freue ich mich zwar, aber ich habe letztlich nicht den Mut aufgebracht, wirklich mit ihr zu sprechen. Noch vier, fünf Sachen sind mir in den Sinn gekommen, ich könnte zu ihrem Haus radeln und sie dort abpassen. Ich könnte ihr eine SMS schreiben, einen Brief oder ein Gedicht... aber alles habe ich schließlich wieder verworfen.

Jetzt sitzt Tom in meinem Zimmer und wir reden über unser Lieblingsthema.

Mädchen.

Keiner von uns beiden hat schon mal mit einem Mädchen geschlafen. Tom war zweimal ganz nah dran, er lag schon nackt mit jeder von ihnen im Bett und hat tierisch an ihnen rumgefummelt, aber zum Letzten ist es aus irgendeinem Grund, den er mir nicht nennen will, nicht gekommen.

Aber sonst erzählen wir uns alles. Und jeder von uns will der Erste sein. Ich bin fünf Tage älter als Tom und würde es als kleine Niederlage empfinden, wenn er es vor mir schaffen würde.

Ich finde, dass es jetzt mächtig Zeit wird. Jetzt bin ich schon siebzehn, und der Durchschnitt bei Jungs für das erste Mal liegt bei sechzehn, habe ich gelesen.

»Jetzt erzähl endlich, was du mit Angie im Keller getrieben hast?!«, sagt Tom.

»Tja also, es war echt scharf... und sie hat sich kein bisschen gewehrt. Im Gegenteil.«

»Geil! Was hat sie gemacht?«

»Sie hat mir an den Hintern gefasst und hat mich an sich gedrückt.«

»Und du? – Was hast du gemacht?«

»Dreimal darfst du raten...?«

»Komm, Mensch, das ist gemein...« Beleidigt dreht Tom den Kopf weg, schnappt sich eine Zigarette und zündet sie an. Er gibt sich betont gelassen. Aber an seinen fahrigen Handbewegungen sehe ich, dass er wie auf Kohlen sitzt.

»Bitte, Danny, erzähl mir genau, was passiert ist, ich muss es wissen.«

»Warum musst du es denn so genau wissen...?«, sage ich

extra langsam. Tom ist ein wahnsinnig neugieriger Mensch, und es macht einfach Spaß, ihn so zappeln zu lassen.

»Scheiß, jetzt frag doch nicht so blöd, ich muss es einfach wissen.«

»Wieso, willst du vielleicht selbst bei ihr landen?«

»Quatsch, es interessiert mich einfach.«

»Hm.«

»Hast du sie echt überall angefasst?«

»Klaro, Mann.«

»Auch an ihren Riesenohren?«, fragt Tom.

»Na, was denkst du denn? – Da besonders.«

»Echt?«

»Alles echt, und ganz fest. War echt 'n geiles Fest...«, sage ich. Ich komme immer mehr in Fahrt und Tom hängt an meinen Lippen. »Ich hätte Angie easy ins Bett ziehen können.«

»Und warum hast du es nicht gemacht?«

»War nicht der richtige Zeitpunkt, und außerdem war...«

Plötzlich wird die Tür aufgerissen.

»Mama!«

Meine Mutter steht im Türrahmen. Wo kommt sie denn so plötzlich her? Ich dachte, sie wäre noch in Gran Canaria!

»Ach, Daniel, hier steckst du, ich hab dich gesucht, hast du mich denn nicht rufen gehört?!«

»Nein, Mutter, hab ich nicht...«

»Ich muss mit dir reden, jetzt gleich. Kannst du deinen Bekannten wegschicken, ich hab nicht viel Zeit.«

Tom ist aufgestanden. »Äh... ich wollte sowieso gehen.

Ciao, Danny. Auf Wiedersehen.« Tom trollt sich. Und meine Mutter hat es wieder mal geschafft, mit einem kleinen Satz die Atmosphäre zu beherrschen.

»Sorry, Mutter, aber musst du hier so reinplatzen?«

»Ach, jetzt hab dich nicht so! Ich hab schließlich drei Stunden im Auto gesessen wegen dir.«

»Wegen mir?« Mit ungläubigem Blick schaue ich sie an.

»Ja... und natürlich auch wegen deinem Vater.«

Wenn sie so spricht, will sie was loswerden.

»Ist Vater unten?«, frage ich.

»Ja. Aber ich wollte zuerst mit dir reden. Dein Vater und ich müssen noch mal über unsere gemeinsame Vereinbarung sprechen, was dich betrifft. Ich sehe dich viel zu selten, und...«, hastig greift sie in ihre Handtasche und holt Zigaretten heraus. Sie zündet sich eine an, »ich darf doch rauchen, hm?«

Ich nicke.

»Du weißt, dass ich nur in den Ferien Zeit habe, und deshalb möchte ich dich wenigstens dann ganz bei mir haben.« Sie nimmt einen tiefen Zug. »Oh, willst du auch eine?« Sie hält mir die Zigaretten hin.

Ich schüttle den Kopf.

»Also, Daniel, ich möchte, dass wir zwei die ganzen Weihnachtsferien zusammen sind. Wir fahren in die Dominikanische Republik. Ich lade dich ein. Na, was hältst du davon?«

»Hm. Ich überleg's mir...«

Ich bin überrumpelt. So war Mutter schon immer. Sie setzt sich etwas in den Kopf und das zieht sie dann durch. Und die anderen haben sich ihren Plänen anzupassen. Andernfalls gibt es Zoff.

Sie nimmt einen tiefen Zug. »Bitte tu das, Daniel. Du weißt, da ich nur in den Ferien Zeit opfern kann, muss das klappen.« Sie löscht die halb gerauchte Zigarette im Aschenbecher. »Ich spreche jetzt mit deinem Vater und dann reden wir zwei noch mal, okay?«

Und schon ist sie wieder draußen.

Dominikanische Republik klingt natürlich gut. Doch in den Weihnachtsferien? Und was ist mit meinen Freunden? Und was wird vielleicht mit Marie …?

Von unten höre ich laute Stimmen. Ich öffne meine Tür und lausche.

»Hör doch auf!«, schreit meine Mutter. »Du warst doch schon immer so bequem und entscheidungsschwach, und jetzt, wo ich einmal was von dir will, stellst du dich so an!«

»Ich stelle mich gar nicht an«, höre ich meinen Vater rufen. »Da musst du ihn schon selbst fragen. Er ist schließlich siebzehn und kein Kind mehr.«

»Ach, auf einmal! Und letztes Mal, wo er alleine zu mir fahren sollte, war er zu klein dazu.«

»Herr Gott, das ist über zwei Jahre her!«, schreit mein Vater.

Solange ich mich zurückerinnern kann, streiten sich meine Eltern. Ich schließe meine Tür, werfe mich aufs Bett und schalte den Radio ein. Ich kann das Geschrei nicht mehr ertragen. Der melancholische Song »Aicha« von Outlandish bringt mir Marie wieder in den Sinn. Was sie jetzt wohl macht? Ob sie auch manchmal an mich denkt?

Und Tom? Weiß nicht, warum ich gerade so angegeben habe vor ihm. Irgendwie ging mir seine Fragerei auf den Nerv. Ich mit Angie im Bett, das kann ich mir zwar wunderbar vorstellen, aber nicht in der Realität.

Mein Kopf ist voller Marie. Aber das wollte ich Tom nicht sagen. Noch nicht.

8

Kommst du mit schwimmen heute Nachmittag? Was anderes kann man ja doch nicht machen bei der Hitze.« Stöhnend zwirbelt Sara ihre dicken Locken zum Knoten zusammen. »Manchmal nervt mich die Wolle einfach nur! Vielleicht sollte ich es mal mit einem kurzen Schnitt versuchen?«

»Spinn nicht rum, Sara, deine Haare sind das Beste an dir! Das weißt du doch ganz genau.«

Empört sieht sie mich an. »... das Beste an mir! Was soll das denn bitte schön heißen? Ist das der Dank für eine Woche freundschaftlicher Intensivbetreuung?«

Mit einem schiefen Grinsen schaue ich sie an. »Ist es so schlimm mit mir?«

Sara seufzt. »Noch schlimmer! Dabei müsste es dir eigentlich besser gehen! Es ist doch ganz offensichtlich, dass nichts mehr läuft zwischen Daniel und Angie. Du könntest den Trauerflor langsam ablegen und zu neuen Taten schreiten.«

»Was denn für neue Taten?«

Sara zuckt die Achseln. »Ihm zeigen, dass du noch interessiert bist, was sonst?«

»Nein«, ich schüttele den Kopf. »Mir reicht's! Bloß weil er Angie abserviert hat ... kommt nicht infrage!«

»Ach, sei nicht albern!«

»Bin ich aber. Findest du es so toll, dass Daniel erst

mit Angie rummacht und sie danach eiskalt abblitzen lässt? Das ist doch ziemlich mies von ihm, oder etwa nicht?«

»Mensch, Marie, wir wissen doch gar nicht, was zwischen denen gelaufen ist! Vielleicht wollten ja beide nicht mehr als… na ja, ein bisschen Spaß. Nun spiel nicht den Moralapostel und gib Daniel noch eine Chance! Er wirft dir noch immer schmachtende Blicke zu, falls du es nicht bemerkt haben solltest!« Energisch schwingt sich Sara ihre Tasche auf den Rücken.

»So, was ist nun? Soll ich dich nachher abholen zum Schwimmen?«

Ich überlege kurz, nicke dann aber. »Okay, um halb drei, ja? Bis später.«

Langsam radele ich nach Hause. Wenn Sara sich als Expertin in Sachen Liebe aufspielt, kann sie manchmal ganz schön nerven. Dabei läuft bei ihr auch nicht gerade alles glatt. Ich bin mir ziemlich sicher, dass sie in Tom verknallt ist, aber sie will es nicht zugeben. Um keinen Preis. Wahrscheinlich weil sie sich keinerlei Chancen ausrechnet. Ich glaube, zu Recht. Tom scheint sich für alle und keine zu interessieren. Dabei könnte er fast jedes Mädchen in der Klasse haben, so wie er aussieht. Jede, bis auf mich. Ich habe nur noch Augen für Daniel.

Ich wasche mir jeden Morgen die Haare, stehe dann ewig lange vor dem Spiegel und überlege, was ich anziehen soll, um dann doch wieder in meine Jeans zu schlüpfen. Bloß nicht auffallen! Bloß nicht den Eindruck erwecken, dass er mir wichtig ist. Dabei muss ich mich zwingen, in der Schule nicht ständig zu ihm rüberzublicken. Es hat mich voll erwischt! Keine Frage.

Seltsamerweise hat auch die Geschichte mit Angie und Daniel nichts daran geändert – im Gegenteil, wenn ich ganz ehrlich zu mir selbst bin, ist er seitdem nur noch eine Spur interessanter geworden! Manchmal habe ich wirklich einen Knick im Kopf.

Robert hat mich tagelang mit SMS bombardiert. Als ich mich trotzdem nicht gemeldet habe, hat er angerufen. Das Gespräch war voll krampfig. Ich habe nicht das Bedürfnis, ihn zu sehen, bin fast erschrocken darüber, wie weit ich mich schon von ihm entfernt habe.

Im Schwimmbad ist die Hölle los. Anscheinend wollen alle die letzten warmen Tage ausnutzen. Ich stolpere hinter Sara her, die sich einen Weg durch hunderte von Badelaken, Armen und Beinen bahnt.

»Oh, schau mal, da hinten liegen Tom, Bill, Steffi und Angie, wollen wir zu ihnen rüber?«

Bevor ich antworten kann, steuert Sara schon zielsicher auf die Gruppe zu. »Hey, Leute!«

Rasch peile ich die Lage, suche nach Hinweisen auf Daniel. Aber sein Rucksack ist nicht zu sehen. Irgendwie bin ich erleichtert, aber auch eine Spur enttäuscht. Na ja, so wird es wenigstens ein entspannter Nachmittag! Schnell schäle ich mich aus meinem Wickelrock und dem rosa T-Shirt. Meinen Badeanzug habe ich schon drunter. So erspare ich mir das beengte Rumgeturne in den muffigen Umkleidekabinen.

Kaum habe ich mich auf meinem Badelaken neben Sara ausgestreckt, tropft es eiskalt auf meinen Rücken.

»Hey, was soll das denn?« Wütend setze ich mich auf. Über mir steht Daniel, triefnass, verlegen.

»Äh, 'tschuldigung, gibst du mir mal mein Handtuch?«

»Wieso? Nimm es dir doch!«

Er läuft rot an. »Du liegst zur Hälfte drauf.«

»Ach so.« Hektisch rolle ich mich zur Seite und greife nach dem pastellbunten Badetuch, das sich unter meins geschoben hatte.

»Ich dachte, das gehört Steffi«, sage ich verlegen.

Daniel greift nach dem Tuch und rubbelt sich ab. Verstohlen schaue ich ihn an. Sein Körper wirkt sehr schlank, beinahe dünn, aber seine Schultern und Arme sind muskulöser, als ich dachte. Und er hat schöne, schmale Hüften …

»Ein Geschenk von meiner Mutter, deswegen der weibliche Touch.«

»Was?« Ich verstehe gar nicht, wovon er redet.

Er grinst. »Das Badetuch, meine ich!«

»Ach so.« Himmel, bei mir setzt schon wieder die sofortige geistige Verblödung ein. Warum kann ich nicht mal locker und schlagfertig sein? Schnell rolle ich mich wieder auf den Bauch und versenke mein Gesicht in meinen Armen. Aus den Augenwinkeln beobachte ich Daniel. Wo wird er sich hinlegen? Neben mir wäre noch genügend Platz. Nein, er setzt sich natürlich neben Bill und zieht seinen Tabak hervor.

»Drehst du mir auch eine?«

Angie. Natürlich.

Unauffällig schiele ich zu ihr rüber. Angie trägt einen mega-knappen getigerten Bikini. Sie muss sich den größten Teil ihrer Schamhaare rasiert haben, sonst könnte sie diesen Stoffschnipsel gar nicht tragen. Verdammt! Hätte ich doch auch bloß meinen neuen knallroten Bikini mit den Push-up-Körbchen eingepackt! Das Teil habe ich mir vor drei Wochen auf ständiges Zureden von Sara hin gekauft und noch kein einziges Mal getragen!

Ich überlege. Ob ich Ricky bitte, mir den Bikini mitzubringen? Sie wollte doch mit ihrer Freundin, dieser nervigen Vanessa, auch noch schwimmen gehen. Ja, das mache ich!

Kurz entschlossen springe ich auf und wühle in meiner Tasche nach der Geldbörse.

»Willst du ins Wasser?« Träge öffnet Sara die Augen.

»Nö, ich hole mir nur ein Eis! Soll ich jemandem was mitbringen?«

Natürlich wollen alle Eis oder irgendwelchen anderen Süßkram. Ich versuche, mir die verschiedenen Bestellungen zu merken, ziemlich kompliziert.

Plötzlich steht Daniel auf. »Hey, das kannst du doch allein kaum tragen. Ich komme mit, okay?«

Scheiße, was jetzt? Er soll ja nicht mitkriegen, dass ich eigentlich telefonieren wollte.

»Danke, ich schaff das schon.«

Ich lasse Daniel einfach stehen und laufe los.

Hinter mir höre ich Angies Kichern. »Armer Daniel, abgeblitzt würde ich das nennen…«

Verdammt, verdammt, verdammt…!

Wer den Schaden hat, braucht für den Spott nicht zu sorgen… Anscheinend vermeidet Marie jede Möglichkeit, mit mir allein zu sein. Und diese blöde Angie muss es auch noch vor allen aussprechen!

Am liebsten würde ich jetzt noch mal ins Wasser springen und mir den ganzen Frust wegkraulen. Aber ich war ja gerade erst schwimmen. Das sieht ja noch blöder aus.

Oder soll ich Marie einfach hinterherlaufen und ihr doch beim Eisholen helfen? Aber das wirkt zu aufdringlich, da sie mich gerade so hat abblitzen lassen.

Und Angie wird auch immer mehr zum Problem. Seit dem Gespräch mit ihr, wo sie's mir hingerieben hat, dass ich mir nur keine Schwachheiten einbilden soll, hackt Angie ständig auf mir rum. Aber das ist jetzt auch schon egal. Hätte ich sie bei der Fete bloß nicht geküsst. Hätte nie gedacht, dass eine spontane Knutscherei solche Folgen haben kann.

Mein Verhältnis zu Marie wird immer verkrampfter. O Mann, Verhältnis ist gut, mein Nichtverhältnis… Seit der Fete haben wir keine zehn Sätze miteinander gewechselt, und je länger ich darüber nachgrüble, wie ich die Situation klären soll, umso verworrener und komplizierter wird das Ganze.

Heute sehe ich Marie zum ersten Mal im Badeanzug, sie sieht toll aus. Komisch, dass sie keinen Bikini trägt, sie könnte sich das locker leisten. Steffi dagegen, die Schwabbelkuh, sollte lieber einen Badeanzug tragen, und auch Angies Tigerbikini ist doch nur peinlich, wirkt eher ordinär als erotisch. Marie konnte ich noch gar nicht in Ruhe betrachten, nur von hinten, wie sie gerade weggegangen ist. Sie hat 'nen knackigen, kleinen Po, eine schlanke Taille und tolle, lange Beine. Und immer wenn sie irgendwie unsicher ist, schleudert sie ihre Haare mit einer ruckartigen Kopfbewegung zur Seite. Gefällt mir.

Vorhin hätte ich mich gerne neben sie gelegt, aber ich fand das einfach zu plump, dabei war die Gelegenheit gut, mein Handtuch lag ja genau neben ihr, aber ich Schussel hab wieder falsch reagiert und den Coolen gemimt.

»Hier, Leute, die Eis-Marie ist da!« Marie kommt zurück. Die Hände voller Eis und Süßigkeiten. »Zwei Magnum, zwei Domino und ein Split. Wer kriegt was? Und bitte gleich löhnen.«

Während Marie das Eis verteilt und das Geld entgegennimmt, kann ich sie in Ruhe betrachten.

In dem Badeanzug sind ihre Brüste leider allzu gut verpackt. Die Form lässt sich mehr erahnen als erkennen. Sie sind nicht groß, aber schön rund geformt, ihre Oberarme sind blass und etwas dünn, aber ihre Schlüsselbeine und ihr Hals sehen zum Anbeißen aus. Als sie mir mein Eis entgegenstreckt, entdecke ich einen kleinen dunkelblonden Haarbüschel unter ihren Armen, sieht sexy aus, finde ich.

Nach dem Eisessen spielen wir eine Runde Fußball; beim Barfußkicken verstauche ich mir den großen Zeh und kann nicht mehr so gut laufen. Dann kühlen wir uns noch mal im Wasser ab und jetzt liegen wir alle auf der Wiese und genießen die Sonne. Das Bad hat zwei große Liegewiesen mit herrlichen Bäumen, zwei Schwimmbecken und ein extra Kinderbecken mit Spielplatz. Ich bin etwa drei Meter von

Marie entfernt, wir liegen beide auf dem Bauch. Wenn ich meinen Kopf zu ihr drehe, kann ich sie aus den Augenwinkeln beobachten. Ich habe meine dunkle Sonnenbrille auf, die schützt mich, da kann man meine Augen nicht erkennen, und ich kann in Ruhe Ausschau halten. Marie hat schon ein paarmal zu mir rübergelinst, ich hab dann ganz still gelegen und so getan, als ob ich schlafen würde. Jetzt gerade schaut sie wieder zu mir her. Mist, vielleicht kann sie ja doch meine Augen sehen …?

Nein. Ich glaube, eher nicht, sonst würde sie mich nicht so lange anschauen.

»Hey, Marie, dein Rücken wird schon ganz rot …«, sagt Steffi, die neben ihr sitzt und sie betrachtet.

»Was, echt?«, fragt Marie, stemmt sich mit ihren Händen vom Liegen hoch und versucht, einen Blick auf ihren Rücken zu werfen.

»Hm«, Steffi nickt, »du musst echt aufpassen, blass wie du bist.«

»Kann mich mal jemand einkremen, bitte?«, sagt Marie, stellt ihre Sonnenmilch neben sich, legt sich wieder flach auf den Bauch und gräbt ihr Gesicht in das Handtuch.

Soll ich oder soll ich nicht?, frage ich mich und überlege kurz, ob das nun angebracht oder zu plump ist. Sara, ihre Freundin, ist gerade nicht da, aber Bill fackelt nicht lange, setzt sich dicht neben Marie, nimmt die Milch, spritzt sich eine Ladung auf die Hand und beginnt, ihr den Rücken einzureiben.

Zu spät!

Ich könnte mich ohrfeigen!

Bill darf sie nun anfassen und streicht ihr vier-, fünf-, ja sechsmal von den Schulterblättern fast bis zum Po; bis dort ist ihr Badeanzug ausgeschnitten. Dann spritzt Bill ihr noch eine Ladung Milch auf beide Beine und bearbeitet ihre Oberschenkel. Mein Gott, da könnte ich jetzt sitzen und diese schönen Beine streicheln. Gibt es einen blöderen Menschen als mich?

Eins ist klar. Dem Zögerer wird die Welt nie gehören.

Einige Minuten liegen alle ruhig in der Sonne, lesen in Zeitschriften oder schmökern in einem Buch, bis ein kleines Mädchen auf Marie zuläuft und sie verärgert anschnauzt: »Da bist du, Mensch, ich such dich schon seit ewig... hier ist dein Super-Sexy-Bikini, weiß gar nicht, warum das heute so wichtig sein soll!«

Marie schreckt hoch. Ihr Gesicht ist puterrot, obwohl sie die ganze Zeit auf dem Bauch lag.

Da steht Ricky und hält mir meinen Bikini entgegen, hält ihn so, dass alle sehen können, dass die Körbchen durch Polster verstärkt sind.

»Gib schon her!« Hektisch reiße ich ihr den Bikini aus der Hand, knülle ihn zusammen und stopfe ihn in meine Tasche.

»Was ist denn jetzt los?« Ricky schaut mich empört an. »Erst rufst du mich extra an, machst einen Riesenwirbel, damit ich dir dieses Teil mitbringe. Und jetzt ziehst du es noch nicht mal an?«

Ricky macht keine Anstalten abzuziehen, steht einfach mit verschränkten Armen da und starrt mich neugierig an.

Ich könnte sie erwürgen, mit bloßen Händen. Wirklich, damit hätte ich keinerlei Probleme! »Ich wollte nur was zum Wechseln haben, damit ich hier nicht im nassen Badeanzug hocken muss«, sage ich.

Ungläubig schüttelt Ricky den Kopf. »Das macht dir doch sonst auch nichts aus. Kapier ich nicht!«

»Tschüss Ricky, war schön, dich mal wieder zu sehen«, sagt Sara überfreundlich, »besonders von hinten!«

Ricky streckt ihr die Zunge raus und wendet sich zum Gehen. »Ach Marie, die drei Euro, die du mir versprochen hast, kannst du direkt heute Abend in mein Sparschwein tun. Und nicht vergessen, sonst sage ich's Mama! Die ist sowieso stocksauer, weil du ihr eigentlich heute Nachmittag beim Einkochen helfen solltest.«

»Ja, ja …«

Als Ricky weg ist, lasse ich mich zurück auf mein Badetuch fallen. Erde, tu dich auf…! Wenn ich einen Wunsch frei hätte, wäre mein einziges Ziel, mich auf Knopfdruck unsichtbar machen zu können. Aber in letzter Zeit wäre ich quasi ständig unsichtbar. Hilft ja alles nichts! Ich schließe die Augen, warte auf die erste hämische Bemerkung.

»Na Mensch, Marie, nun präsentier uns doch mal deinen neuen Wonderbra-Bikini. Wenn du dein Schwesterlein schon extra losschickst, um ihn zu holen …« Angie.

Und Bill ergänzt: »Sah ja rattenscharf aus, das Teil! Komm, Marie, jetzt wollen wir auch was sehen!«

»Halt's Maul, Bill!«

Saras direkte Art hat manchmal viel für sich. Aus den Augenwinkeln schaue ich rüber zu Daniel. Ob er ahnt, dass ich Ricky gebeten habe, den Bikini anzuschleppen, nur um ihn zu beeindrucken? Aber Daniel scheint von dem ganzen Drama kaum was mitgekriegt zu haben, starrt noch immer völlig konzentriert in sein Buch. Fast bin ich enttäuscht. Interessiert er sich so wenig für mich? Da schnappt sich Bill plötzlich dreist meine Tasche, angelt feixend nach dem Bikini.

Ich stürze auf ihn zu. »Lass sofort…«

Daniels Buch fliegt zur Seite, er springt auf, auffordernd knallt seine Hand auf Bills Schulter. »Hey, Alter, Wettschwimmen um 'ne Portion Pommes. Wer ist dabei?«

Bill grinst. »Kannst schon mal dein Geld zählen!« Er lässt meine Tasche fallen, springt auf, Tom und er sprinten johlend los.

Daniel dreht sich noch mal zu mir um, zwinkert fast unmerklich. Bevor ich reagieren kann, ist er schon in einem Pulk herumalbernder Kinder verschwunden. Sara pufft mich grinsend in die Seite und ich schließe seufzend die Augen.

Das war kein Zufall eben… das war einfach super von ihm!

Dunkle Gewitterwolken ziehen auf. Es ist kurz vor sechs. Bill springt als Erster auf.

»Hey, Leute, ich hau ab, in spätestens zehn Minuten schifft es wie aus Kübeln. Lasst uns aufbrechen.«

Tom wirft einen Blick zum Himmel. »Hast Recht, vielleicht schaffen wir es noch bis nach Hause, ohne nass zu werden.« Er steht ebenfalls auf und rollt sein Handtuch zusammen.

Steffi und Sara packen eilig ihre Badeutensilien in ihre Taschen und ziehen ihre T-Shirts an.

Ich liege auf dem Bauch, stütze mich auf die Arme und lese in meinem Buch »Die fünfte Frau« weiter. Überall um uns herum herrscht hektische Aufbruchstimmung. Das ganze Bad rafft Kleider, Kind und Kegel zusammen und hetzt zum Ausgang. Ich möchte da jetzt nicht mitmachen.

Mir gefällt die Abendstimmung. Die Sonne steht tief und wirft lange Schatten, auf der anderen Seite zieht eine schwarze Wolkenfront heran, es sieht wirklich nach Regen aus. Aus den Augenwinkeln werfe ich einen Blick zu Marie. Sie sitzt im Schneidersitz auf ihrem Tuch und ist ebenfalls in ein Buch vertieft.

Sara, die bereits angezogen ist, stupst sie mit dem Fuß an den Hintern. »Komm, Marie, es fängt gleich an zu regnen, beeil dich, ich will nach Hause.«

»Nö du, mein Buch ist gerade so spannend.« Marie schaut nicht mal hoch von ihrem dicken Schmöker, den sie auf ihren Waden liegen hat. Vorhin habe ich den Buchrücken gesehen. Sie liest den neuen Harry Potter.

»Geht ihr nur schon voraus«, sagt Marie.

»Wie du meinst. Regen soll ja schön machen…«

»Ich weiß nur eins, was sicher ist: Regen macht nass.« Steffi. Wieder mal besonders schlau.

Bill ist fertig angezogen, breitbeinig stellt er sich zwischen Marie und mich und schaut von einem zum anderen.

»Na, unsere zwei Leseratten haben's wohl nicht so eilig.«

»Passt nur auf, dass nicht gleich zwei Wasserratten aus euch werden«, sagt Tom und grinst mich an. »Ciao, Danny, bis morgen.«

»Ja… bis morgen«, sage ich.

Endlich hat jeder seinen Spruch aufgesagt, dann sind sie weg. Ich äuge zu Marie hinüber. Sie ist schon wieder in ihr Buch vertieft. Sie sieht schön aus, wie sie da im Schneidersitz mit aufrechtem Rücken sitzt. Als ob sie Yoga machen würde.

Ich blicke mich um. Fast alle Leute sind gegangen. Ganz weit hinten sehe ich noch einen alten Mann, der es auch nicht eilig zu haben scheint. Wir sind nun alleine auf der großen Wiese. Der Ausgang ist etwa hundert Meter entfernt, da wuseln die Leute noch herum. Dazwischen zwei, drei große Bäume.

Ich versuche weiterzulesen, glotze aber nur sinnlos die Buchstaben an. Nach einer Weile blicke ich zu Marie und spreche sie an.

»Ist es spannend?«

»Hm?« Marie schaut auf.

»Na, Harry und der Orden des Phönix.«

»Hey«, sagt sie überrascht, »du kennst es?«

»Ja.«

»Hast du's schon gelesen?«

Ich nicke.

»Und? – Wie findest du es?«

»Bisschen zu lang, aber sonst ganz gut ... Harry wird langsam flügge.«

Marie nickt und setzt ein kleines Lächeln auf.

Mir fällt nichts mehr ein, was ich Schlaues sagen könnte. Deshalb vertiefe ich mich wieder in mein Buch. Zumindest tue ich so. Denselben blöden Satz lese ich jetzt sicher schon zum vierten Mal. Ich kann mich nicht konzentrieren. Ich möchte mit ihr reden.

Ein dicker Tropfen klatscht mir auf den Kopf, dann noch einer auf die Beine. Ich schaue nach oben. Der Himmel ist jetzt fast schwarz und der Wind bläst. Die Luft hat merklich abgekühlt. Marie streckt einen Arm aus, um den Regen zu testen. Es fängt stärker zu regnen an.

»Ich glaub, wir müssen jetzt wirklich ...« Marie steht auf, steckt ihr Buch in die Tasche, zieht sich schnell ein T-Shirt über den Badeanzug und stopft ihr ganzes Zeugs in die Tasche.

»Sieht so aus.« Auch ich rolle flugs mein Handtuch zusammen und stecke es in meinen Rucksack.

Und dann, wirklich von einer Sekunde auf die nächste, schüttet es vom Himmel, als ob alle Wolkenschleusen geöffnet sind.

»Komm! Unter den Baum, schnell!« Ich packe Marie an der Hand und wir laufen auf den nächsten großen Baum zu. Es ist eine riesige Kastanie. Sie gibt uns fürs Erste Schutz. Der Baum ist noch etwa fünfzig Meter vom rettenden Dach des

Schwimmbads entfernt. Aber jetzt ist es sinnlos, weiterzulaufen, bei dem Wolkenbruch wären wir nach zehn Metern durchnässt. Ich lehne mich an den mächtigen Stamm des Baumes, Marie stellt sich neben mich.

»Mannomann…!« Sie atmet heftig vom Laufen. »So irre hat's ja schon lange nicht mehr geschüttet.«

»Ja, Wahnsinn, wie aus Kübeln«, sage ich. O Mann, bin ich heut wieder originell.

Ich ziehe meine Klamotten aus dem Rucksack und schlüpfe schnell in Jeans und Sweatshirt.

Auch Marie holt ihre Sachen aus der Tasche. Eine Minute später steht sie in Wickelrock und Shirt neben mir. Sie wirft einen Blick zum Himmel. »Scheint wohl nicht so schnell wieder aufzuhören.«

»Ne, sieht nicht so aus. Komm, wir setzen uns noch ein bisschen«, ich rutsche an dem Baumstamm herunter und taste schnell den Boden ab. »Ja, es ist trocken.«

Marie setzt sich neben mich, sie rubbelt sich die nackten Oberarme.

»Ist dir kalt, hm?«

»Ja, ein bisschen«, sagt sie.

»Hast du denn keine Jacke dabei?«

»Nein, als ich losgefahren bin, war's so wahnsinnig warm, da hab ich nicht drangedacht.«

»Komm, ich geb dir meinen Pulli.« Ich ziehe ihn mir schnell über den Kopf.

»Ne du, das ist nicht nötig.«

»Ach was. Ich seh doch, wie du frierst.« Ich leg ihn ihr um die Schultern.

»Danke. Du bist lieb.«

»Hm.«

»Und du?«, fragt sie. »Ist dir denn nicht kalt?«

»Nö.«

»Du hast aber 'ne Gänsehaut auf deinen Armen.«

»Ja?«, sage ich und betrachte meinen Arm. »Tatsächlich ...«

Aber mir ist wirklich nicht kalt. Wenn sie wüsste, was ich über Gänsehaut weiß ...

Wir schweigen beide eine Weile. Unsere beiden Oberschenkel berühren sich. Ich finde es toll, einfach so neben ihr zu sitzen.

Ich blicke sie an. Auch sie dreht den Kopf zu mir. Nur das Rauschen des Regens ist zu hören. Zu gerne würde ich sie jetzt küssen. Aber ich trau mich nicht.

Was ist, wenn sie es gar nicht will? Und sich dann einfach wegdreht oder fragt, was ich mir eigentlich einbilde?

Sie langt sich an ihre Haare. »Was schaust du mich so an? Ist irgendwas mit meinen Haaren?«

»Ja. Da ist was. Darf ich es wegmachen?«

»Ja ...«

Ich greife ihr in die Haare, komme mit meinem Gesicht ganz nahe an ihres, damit ich es besser sehen kann. Sie blickt mir unverwandt ins Gesicht, ich verharre zwei Sekunden so, und als sie sich immer noch nicht wegdreht, wage ich es.

Ich drücke ihr meine Lippen auf den Mund und schließe meine Augen.

Ja!

Sie weicht nicht zurück!

Ich küsse sie.

Und sie küsst mich!

*I*ch halte die Augen geschlossen und fühle nur noch Daniels Mund, seine Lippen, die sich langsam vortasten, meinen Mund behutsam öffnen ... Mein Herz klopft wie verrückt, in meinem Kopf rattert es: Es ist passiert, es ist Wirklichkeit. Das ist Daniel, der mich jetzt küsst. Daniel! Daniel! Daniel!!!

Ich möchte das Denken, das Rattern in meinem Kopf abstellen, aber es hämmert immer weiter, wird nur langsam leiser und leiser.

Daniel hat den Arm um mich gelegt. Seine Finger streicheln mein Gesicht, meine Wangen, ziehen die Linie meiner Lippen nach. Noch immer halte ich die Augen geschlossen. Irgendwie habe ich eine Scheu, ihn anzusehen, rolle mich in seinen Arm, kuschele mich noch tiefer in seinen Pullover.

»Ist ... ist dir noch kalt?« Daniels Stimme klingt unsicher, krächzend, so als habe er lange nicht mehr gesprochen. Er räuspert sich.

»Nein, mir ist warm.« Auch meine eigene Stimme erscheint mir viel zu normal, zu hart für die Zärtlichkeit, die Aufregung, die mich erfüllt.

Daniel zieht mich noch fester zu sich heran. »Aber du zitterst immer noch.«

»Das hat ... äh ... ganz andere Gründe ...« Endlich

schaffe ich es, in seine Augen zu sehen, und wir brechen beide in ein befreiendes Kichern aus.

»Die anderen sind bestimmt pitschnass geworden…« Daniel streicht sich mit der freien Hand die Haare zurück. Sein anderer Arm liegt fest um meine Schultern.

»Hmm, glaube ich auch.« Ich spüre seinen Herzschlag unter dem feuchten T-Shirt, rieche seinen Körper und den leichten Duft nach Tabak. So wie wir jetzt dahocken, wird mein linker Arm irgendwie eingequetscht. Hoffentlich schläft er nicht ein. Egal. Um keinen Preis der Welt will ich mich jetzt bewegen!

»Besonders Angie wird der Regen noch voll erwischt haben.« Daniel grinst.

Verdammt, warum muss er ausgerechnet jetzt Angie erwähnen!

»Wieso?«, frage ich scheinbar unbeteiligt.

»Na ja, sie hat den weitesten Weg, wohnt doch noch hinter der Schule.«

Woher weiß er denn, wo Angie wohnt?

»Dann ist ihr schönes Make-up jetzt wahrscheinlich hin.«

Das konnte ich mir nicht verkneifen. Als Daniel nicht antwortet, höre ich mich plötzlich fragen: »Was war eigentlich mit dir und Angie?«

Verdammt, wieso ist mir das rausgerutscht? Ich beiße mir auf die Lippen und warte angespannt auf seine Reaktion. Himmel, bin ich blöd, blöd, blöd!

Daniels Körper versteift sich. »Nichts… äh, das heißt, es war nicht… äh, wichtig.«

»Hmm.« Mehr will ich gar nicht wissen. Wär besser gewesen, ich hätte gar nichts gesagt. Bloß nichts kaputtmachen jetzt!

Entschlossen drehe ich mich zu Daniel herum, schlinge meinen Arm um seinen Hals und presse meine Lippen auf seinen Mund. Er reagiert sofort, hält mich, umfasst mich ... seine Zunge in meinem Mund, meine Hand unter seinem T-Shirt, straffe, warme Haut. Fühlt sich so gut an. Ich möchte die Zeit anhalten.

Es soll nie aufhören. Nie!

Ich weiß nicht, wie lange wir schon in unseren halb nassen Klamotten unter diesem Baum hocken, eng umschlungen, uns nur anschauen, küssen, streicheln ... Geredet haben wir kaum noch.

»Was macht ihr denn noch hier?«

Himmel, der Bademeister! Wie aus dem Boden gewachsen steht der Typ plötzlich da und starrt uns neugierig an.

»Ist es nicht ’n bisschen kalt zum Knutschen?«, fragt er und grient auf uns herunter. Als wir nicht reagieren, brummt er ein unwirsches »Wir schließen jetzt« und verschwindet dann achselzuckend in seinem Kabäuschen.

Außer uns ist kein Mensch mehr im Schwimmbad. Es ist, als wären wir völlig allein auf der Welt. Steifbeinig stehen wir auf, suchen unsere Sachen zusammen und schlendern langsam zu unseren Fahrrädern. Es hat aufgehört zu regnen, aber der Himmel ist immer noch dunkel, wolkenverhangen. Ich schaue Daniel von der Seite an, würde gern noch irgendwas sagen, wissen, wie es jetzt weitergeht mit uns und überhaupt. Aber ich bringe kein Wort heraus, fühle mich plötzlich wieder befangen.

Daniel hat sich im Gehen eine Zigarette gedreht, nimmt gierig ein paar Züge, schnallt seinen Rucksack auf sein Fahrrad. Einen Moment lang stehen wir uns unschlüssig gegenüber, zwischen uns die Fahrräder.

»Tja, ich muss da lang.« Daniel deutet mit dem Kinn die Straße runter.

»Und ich muss in die andere Richtung.«

»Soll ich dich noch bringen?«

Ich schüttele den Kopf. »Nein, lass mal, es ist schon spät und dir ist doch auch kalt.«

Er grinst leise. »Nur äußerlich.«

»Tja, dann...«, ich schiebe mein Rad an ihm vorbei, zögere, warte, hoffe, dass er noch irgendwas sagt, darauf besteht, mich nach Hause zu bringen.

Da legt er seine Hand auf meine. »Marie?«

»Ja?«

»Äh... wir sehen uns morgen.«

»Ja, klar... Mach's gut!« Ich schwinge mich auf mein Rad und fahre davon, ohne mich noch einmal umzudrehen.

9

Jetzt liege ich schon seit Stunden wach und wälze mich hin und her, viel zu aufgedreht, um zu schlafen. Vorhin habe ich einen Moment lang überlegt, Sara anzurufen, um ihr alles brühwarm zu erzählen. Aber ich hab's dann doch gelassen, möchte dieses Gefühl erst mal für mich allein haben, nichts analysieren, nichts zerreden. Alles erscheint mir noch so unwirklich, so neu, so zerbrechlich.

Hellwach liege ich da und rufe mir jede Sekunde dieses Nachmittags ins Gedächtnis: Daniels Hände, seine Küsse, seine Umarmung, jedes Wort, das er gesagt hat. Daniel …

Als der Wecker klingelt, bin ich überzeugt, keine Sekunde geschlafen zu haben. Ich bin hellwach, wie elektrisiert. Unschlüssig stehe ich vor meinem Kleiderschrank und greife dann unwillkürlich nach dem Rock von gestern. Einen Moment lang presse ich mein Gesicht in den weichen Stoff, bin sicher, noch einen Hauch von Gras und Feuchtigkeit zu riechen.

Sara steht schon wartend neben ihrem Fahrrad, als ich angeradelt komme. Neugierig schaut sie mir entgegen.

»Mensch, wieso hast du dich denn gestern gar nicht mehr gemeldet? Ich hab zweimal auf deine Mailbox gesprochen! Na egal, jetzt sag schon: Was war gestern?«

Ich winke ab. »Ich erzähl es dir später in Ruhe, okay?«

Aber Sara lässt sich nicht abwimmeln. »Ach komm,

mach wenigstens eine Andeutung! Ist was gelaufen mit Daniel, oder nicht?«

Ich lächele nur vielsagend.

»Danke, das ist Antwort genug! Fürs Erste jedenfalls...« Zufrieden strampelt Sara an mir vorbei. »Waren ja wohl auch ideale Bedingungen gestern. Wenn es da nicht endlich gefunkt hätte...«

Sie grinst mir zu. »Aber nachher will ich alles ganz genau wissen!«

»Ja, ja.«

Je mehr wir uns der Schule nähern, umso mulmiger fühle ich mich. Wie wird es sein, Daniel zu begegnen? Sind wir jetzt zusammen? Sind wir... ein Paar oder so was? Oder ist alles wie immer und ich verhalte mich am besten völlig normal? Aber was ist normal? Ich weiß überhaupt nichts mehr! Am liebsten würde ich kehrtmachen und mich zu Hause im Bett vergraben.

Während ich mein Fahrrad abschließe, schaue ich mich unauffällig um, aber von Daniel ist weit und breit nichts zu sehen. Scheiße, ich hätte ihn so gern noch vor dem Unterricht kurz gesprochen! Und was hätte ich ihm gesagt? Egal, irgendwas eben.

In der Raucherecke ist gähnende Leere, nur Bill kommt dahinten um die Ecke gebogen. Bloß weg, auf Bills Sprüche kann ich heute Morgen gut verzichten.

Weil Sara noch mal aufs Klo muss, gehe ich allein in die Klasse, schaue mich suchend um. Dahinten steht Daniel, unterhält sich mit Niklas und Tom. Hat er mich schon gesehen? Ich weiß es nicht. Himmel, bin ich unsicher! Am liebsten würde ich mich einfach auf meinen Platz setzen und mich hinter einem Buch verschanzen. Aber ich will nicht feige sein, will Daniel zeigen, dass ich ... ja, was eigentlich?

Mit weichen Knien gehe ich auf die Dreiergruppe zu. Die zehn Schritte erscheinen mir wie ein Kilometer. Irgendwie habe ich das Gefühl, dass mich alle anstarren: Vorhang auf. Zweiter Akt, erste Szene: Marie und Daniel. Aber ich habe meinen Text vergessen. Und ein Souffleur ist nicht in Sicht.

Endlich schaut Daniel hoch.

»Hallo, Marie.« Seine Stimme klingt merkwürdig unbeteiligt. Oder bilde ich mir das nur ein?

»Äh, hallo ...« Wie fest gewurzelt stehe ich da, weiß nicht weiter.

Tom und Niklas setzen ihr Gespräch fort, als wäre ich gar nicht da. Und Daniel macht keinerlei Anstalten, sich mir zu nähern oder mich in das Gespräch einzubeziehen. Er beachtet mich gar nicht. Stumm und hilflos stehe ich da. Irgendwann halte ich es nicht mehr aus, drehe mich um, gehe auf meinen Platz. Erschrocken spüre ich, dass mir die Tränen kommen, dränge sie zurück. Bloß jetzt nicht losheulen! Das wäre echt das Allerletzte! Ich bin völlig verwirrt. War's das jetzt mit Daniel? Eine kleine Knutscherei im Schwimmbad, wie eine Woche zuvor mit Angie. Ist das Daniels Art, mit Mädchen umzugehen? Ich kann es einfach nicht glauben!

Sara lässt sich auf ihren Stuhl neben mich fallen, schaut mich prüfend an. »Alles okay?«

Ich nicke nur, starre angestrengt vor mich hin. Endlich kommt die Schostak rein, unsere verknöcherte Mathelehrerin. Selten war ich so froh, dass der Unterricht beginnt!

*I*ch weiß auch nicht, warum ich gerade so cool zu Marie war. Als sie so plötzlich auf mich zukam, schossen mir tausend Gedanken durch den Kopf, was ich alles zu ihr sagen könnte, aber keiner schien mir passend genug. Und dann noch Tom und Niklas neben mir, die jedes Wort mithören konnten. Mein Hals war wie zugeschnürt und mein Herz pochte wie verrückt.

Jetzt steht die Schostak vor der Tafel und alle Schüler haben sich hingesetzt. Ich wollte Marie noch mal ein Zeichen geben, ihr wenigstens kurz zulächeln, damit sie nicht glaubt, gestern im Schwimmbad das sei nicht wichtig für mich gewesen. Aber es ist wie verhext, kein einziges Mal schaut sie zu mir herüber. Ich sitze leicht versetzt hinter ihr, aber sie tut so, als ob der Matheunterricht weiß Gott wie bedeutend wäre.

Gestern Nacht habe ich ein Gedicht für Marie geschrieben, aber es ist noch nicht fertig. Ich möchte es ihr unbedingt heute noch geben. Bis zum Ende der Schulstunden am Mittag muss es fertig sein. Ich weiß genau, dass ich das, was ich sagen möchte, ihr nicht einfach so ins Gesicht sagen könnte, das bring ich nicht. Das Aufschreiben fällt mir leichter.

Ob ich den Mut haben werde, es ihr zu geben?

MARIE. Für dich

Wenn ich dich sehe, ist es der Blick meines Herzens.

Wenn ich dich höre, ist es die Stimme meiner Sehnsucht.

So fängt das Gedicht an. Eigentlich ist das Ganze eine einzige Liebeserklärung. Ob das nicht zu viel des Guten ist?

Egal, ich muss es ihr geben. Sonst finde ich keine ruhige Minute mehr. Ich kenne mich, ich bin da ganz komisch. Wenn ich mir etwas in den Kopf setze, muss ich die Sache erst erledigen, sonst habe ich meinen Kopf nicht frei für etwas anderes und bin kaum ansprechbar. Frau Schostak schreibt irgendwas an die Tafel. Mir egal, Mathe langweilt mich sowieso, ich schreibe an dem Gedicht weiter.

Was könnte ich nur schreiben, auf die Zeile, *wenn ich dich rieche…?*

Letzte Stunde. Deutsch. Rust schwärmt wieder mal von Thomas Mann und Theodor Fontane. Ich finde beide ziemlich öde. Wenn ich Deutschlehrer wäre, würde ich andere Bücher mit meinen Schülern lesen. Harry Potter, Stephen King oder Hermann Hesse, es gibt doch so viele spannende Bücher, warum muss man in der Schule immer die besonders langweiligen lesen? Das hat mir noch niemand vernünftig erklären können. Am ehesten noch mein Vater, der hat die richtige Einstellung zu Büchern und ist eine totale Leseratte. Das habe ich von ihm geerbt. Er hat zu mir gesagt, Hauptsache, das Lesen macht Spaß. Was du liest, ist erst mal gar nicht so von Bedeutung, aber dass du gern liest, ist enorm wichtig. Und wenn ein Buch dir nach zehn Seiten immer noch nichts zu sagen hat, dann leg es weg und lies ein anderes. Bei den Büchern im Unterricht sei das ein wenig anders, hat er gemeint. Schließlich müsste ich das lesen, denn sonst könne ich nicht mitreden, und es ist doch wirklich blöd, über Bücher zu lästern, die man gar nicht gelesen hat. Wo er Recht hat, hat er Recht.

Ich schaue auf die Uhr. Viertel vor eins, noch 'ne Viertelstunde, dann ist endlich Schluss. Mein Gedicht ist jetzt fertig. Ich lese es noch mal durch. Nur bei der letzten Zeile bin ich mir unsicher.

»Na, was haben wir denn da?!«

Mit einem Ruck wird mir der Zettel aus der Hand gezogen.

Scheiße, der Rust!

Ich habe ihn nicht kommen sehen.

»Na, Herr Gering, sind Sie mit Ihren Gedanken mal wieder ganz woanders?« Er wirft einen Blick auf mein Gedicht.

»Bitte geben Sie mir das zurück, Herr Rust. Das ist was Privates …«

»Schauen wir doch mal, mit was Sie sich schon die ganze Stunde beschäftigen …« Er geht mit dem Zettel nach vorne und spricht im Gehen weiter. »Vielleicht können Ihre Mitschüler ja von Ihrem Wissen profitieren.« Und nun beginnt er vorzulesen:

»MARIE. Für dich

Wenn ich dich sehe, ist es der Blick meines Herzens.

Wenn ich dich höre, ist es die Stimme meiner Sehnsucht.«

Dieses Schwein! Neben mir höre ich zwei, drei Stimmen kichern. Ich schließe die Augen.

»Wenn ich dich rieche, ist es Parfüm für meine Sinne.«

Die Lacher werden immer lauter.

»Und wenn ich dich fühle, kriege ich eine Gänsehaut.«

Das darf nicht sein.

»Jeder Tag ohne dich, Marie, ist ein verlorener Tag.«

Drecksack.

Das Rauschen in meinen Ohren wird lauter. Ich halte es nicht mehr aus. Öffne die Augen. Sehe Rust mit meinem Zettel. Springe auf. Jage zur Tür. Nur drei Schritte. Aufgerissen. Den Gang entlang. Aus der Schule hinaus. Die Straße. Ich laufe und laufe und laufe.

Endlich draußen. Endlich allein.

*M*it einem Knall ist die Tür hinter Daniel ins Schloss gefallen. Einen Moment ist es totenstill in der Klasse. Dann setzt das Gekicher, das Getuschel ein, braust über mich hinweg. Alle starren mich an, ungläubig, neugierig, verrenken sich fast die Hälse dabei. Ich bin knallrot angelaufen, blicke runter auf mein Pult, zu entsetzt, um irgendwie zu reagieren. Dabei müsste ich mich doch wehren, Daniel verteidigen, aufspringen, ihm nachlaufen! Irgendwas. Aber ich bin wie gelähmt.

Jetzt steuert auch noch Rust auf mich zu, steht direkt vor meinem Tisch, blickt auf mich herab. Beißenden Spott in der Stimme.

»Marie, wenn Sie schon das Objekt derartiger literarischer Ergüsse sind, dann machen Sie dem jungen Poeten doch bitte klar, dass er seine Gedichte besser nach dem

Unterricht verfassen soll. Vielleicht sind sie dann ...«, er macht eine Kunstpause, »... auch von erträglicherer Qualität.«

Die anderen kichern oder lachen jetzt ganz unverhohlen. Ich zittere vor Wut. Was ist dieser Rust doch für ein Schwein! Daniel derart bloßzustellen ...! Und die anderen lassen sich auch noch willig vor seinen Karren spannen ... wie blöde Schafe! Und ich? Ich kriege keinen Ton raus.

»Marie, haben Sie mich verstanden?«

Rust lässt nicht locker. Ich nicke nur. Mein Hals ist trocken, wie verätzt. Endlich lässt Rust von mir ab, geht wieder nach vorn.

»Vielleicht können wir uns nach dieser kurzen Einlage wieder der echten Literatur zuwenden und zu Thomas Mann zurückkehren.«

Die restliche Stunde zieht irgendwie an mir vorbei. Ich kriege nichts mehr mit. Sara drückt hin und wieder unmerklich meinen Arm. Ich fühle mich hundeelend. Nicht nur, dass sich die ganze Klasse, allen voran Angie und Bill, totlacht über mich ... viel schlimmer ist, dass ich Daniel im Stich gelassen habe! Warum bin ich ihm nicht einfach nachgelaufen? Oder habe Rust meine Wut ins Gesicht geschrien?

Endlich die Klingel. Hastig springe ich auf, greife meine Jacke. Dann gehe ich rüber zu Daniels Platz, packe schnell seine Sachen zusammen, stopfe sie in seine Tasche. Fertig. Jetzt müsste ich nur noch an Rust vorbei, nach draußen. Aber ich gehe direkt auf ihn zu. Bleibe vor ihm stehen. Überrascht sieht er auf.

»Ach, Marie, was …?«

»Geben Sie mir das Gedicht!«

Meine Knie zittern, aber meine Stimme ist klar, nicht leise, nicht übermäßig höflich. Rust ist deutlich irritiert, zögert. Einige Schüler sind stehen geblieben, blicken neugierig zu uns herüber.

Meine Stimme klingt ganz fremd in meinen Ohren. »Das Gedicht war für mich bestimmt, Herr Rust. Und für niemand anders. Bitte geben Sie mir jetzt den Zettel!«

Ich starre auf Rust herunter, konzentriere mich auf eine kleine, kreisrunde, kahle Stelle an seinem Hinterkopf, die mir nie zuvor aufgefallen ist. Die Haut an seinem Hals ist merkwürdig schlaff, in seiner grauen Strickjacke sind ein paar Fäden gezogen. Ich rühre mich nicht von der Stelle. Ich warte.

Schließlich kramt Rust in seiner Tasche, gibt mir den Zettel. Ohne ein weiteres Wort drehe ich mich um und verlasse den Klassenraum.

Ich weine. Ich schreie. Ich heule. Ich fluche und tigere in meinem Zimmer auf und ab. Dieses Schwein.

Wenigstens bin ich allein hier und niemand kann mich stören. Mein Vater kommt erst am Abend. Der CD-Player läuft, die Toten Hosen. Pegel bis zum Anschlag. Volle Dröhnung.

Mein Gesicht im Spiegel. Total rote Augen. Ich kann an nichts anderes denken. Rust. Dieser Drecksack. Vor der ganzen Klasse.

Jeder weiß jetzt, dass ich auf Marie abfahre. Das ist nicht so schlimm. Aber mich so vorzuführen. Das zahle ich ihm heim.

Ich werfe mich aufs Bett. Doch ruhig liegen ist nicht. Ich schalte die Musik aus, das Laute nervt, knipse den Radio an, da läuft gerade »Ich kenne nichts, das so schön ist wie du …« von Xavier Naidoo, der melancholische Song gibt mir den Rest, langsam tappe ich zum Bett zurück, lege mich darauf, grabe mein Gesicht in das Kissen und beginne, hemmungslos zu schluchzen.

So ausgeliefert vor der Klasse zu sein, war ein beschissenes Gefühl. Splitternackt kam ich mir vor … hilflos und ohnmächtig. Was soll ich jetzt bloß Marie sagen? Wird sie mir böse sein? Oder wird sie mich am liebsten gar nicht mehr sehen wollen? Oh, verdammt …

10

Ganz fest halte ich den Zettel mit Daniels Gedicht in meiner Hand. Ich würde es gern noch einmal lesen. Aber nicht jetzt. Jetzt will ich hier nur noch raus.

Auf dem Gang wartet Sara auf mich.

»Mensch, Marie, dass der Rust ein unangenehmer Typ ist, war ja die ganze Zeit klar. Aber das heute… unglaublich!«

»Entschuldige, Sara, ich muss los!«

Ich fange an zu laufen, Sara kann kaum mit mir Schritt halten.

»Mensch, wo willst du denn hin?«

»Zu Daniel, ist doch wohl klar!«

»Rufst du mich an?« Saras Stimme ist schon ganz weit weg.

Ich renne hinüber zu den Fahrradständern, schließe mein Rad auf, schiebe es durch die zum Ausgang drängenden Schüler. Endlich auf der Straße. Ich steige auf, rase um die Ecke, ignoriere eine rote Ampel, hinter mir schimpft ein Taxifahrer. Mir egal. Endlich vor Daniels Haus. Ich lehne mein Rad gegen die Mauer und klingele.

Hoffentlich ist er zu Hause! Hoffentlich ist er allein! Hoffentlich macht er die Tür auf! Die Gegensprechanlage knistert. Daniels Stimme, undeutlich.

»Ja?«

»Ich bin's, Marie. Bitte mach auf!«

Keine Antwort. Das Knistern bricht ab. Ich warte auf das Summen des Türöffners, aber es kommt nicht. Lässt er mich etwa nicht rein? Will er mich nicht sehen? Ich spüre, wie mir die Tränen kommen. Verdammt. Verdammt.

Plötzlich wird die Tür aufgerissen und Daniel steht direkt vor mir. Ich strecke ihm den zerknüllten Zettel mit dem Gedicht entgegen – und dann weiß ich nicht weiter.

Marie. Was will sie denn hier? Bin ich nicht schon genug gedemütigt worden vor ihr?

Was will sie denn mit dem zerknüllten Zettel? Hat sie mir etwa auch etwas geschrieben?

Ich falte den Zettel auseinander... O Mann, das ist ja mein Gedicht. Ich schaue zu ihr hoch. »War eigentlich für dich bestimmt...«

»Ja, ich weiß, aber...«

»Aber? – Willst du es nicht haben?«

»Doch, schon... ich habe es ihm abgenommen.«

»Ah, gut...«, sage ich und nicke.

»Darf ich reinkommen?«

»Ja, klar...« Ich lasse sie eintreten und schließe die Tür hinter ihr.

Marie bleibt stehen und schaut mich erwartungsvoll an. Ich gehe an ihr vorbei die Treppe hinauf. »Komm, wir gehen in mein Zimmer.«

Sie folgt mir. Oben setze ich mich aufs Bett. Sie schließt

die Tür und schaut sich in meinem Zimmer um. »Niemand hier, hm …?«

»Ne. Mein Vater kommt erst am Abend.«

Marie blickt die zwei langen Regalbretter entlang. »Mensch, du hast vielleicht viele Bücher. Hast du die alle schon gelesen?«

»Na ja, die meisten … 'n paar sind auch von meinem Dad, aber ich hab sie noch nicht gelesen.«

»Du, Daniel …?« Marie stellt sich dicht vor mich ans Bett und schaut auf mich hinunter.

»Hm?«

»Danke.«

Ich blicke sie fragend an.

»Für das Gedicht …«, sagt sie.

»Fandest du es nicht blöd?«

Sie schüttelt den Kopf und schaut mir in die Augen. Jetzt sieht sie sicher, dass ich geheult habe. Vielleicht hält sie mich jetzt für ein Weichei, für einen Schwächling?

Damit sie mich nicht so lange taxieren kann, ergreife ich ihre Hand und ziehe sie auf das Bett. Ich ziehe ein wenig zu fest, sie gerät fast ins Stolpern und landet hart auf meinen Knien. »'tschuldige … das wollte ich nicht.«

»Macht nichts …«, sagt sie und rutscht von meinen Knien. Einen langen Moment sitzen wir stumm nebeneinander.

Marie bricht als Erste das Schweigen.

»Bist du ganz alleine hier?«

»Ja … äh, das heißt, nicht ganz. Woody ist hier.« Ich deute auf den Stuhl, in dem die Katze schläft.

»Witziger Name für 'ne Katze.«

»Ja. Mein Vater ist großer Woody-Allen-Fan. Ihm gehört die Katze.«

Wieder sitzen wir ruhig nebeneinander und schauen beide geradeaus. Nach einer Weile blicke ich zu ihr. Marie dreht sich zu mir und sagt: »Du ... ich habe mich sehr gefreut über das Gedicht.«

»Wirklich?«

»Hm«, sie nickt.

»Der Zeitpunkt war vielleicht nicht gerade der beste«, sage ich.

Marie lächelt. »Ja, das kann man sagen.«

»Wie bist du denn überhaupt wieder zu dem Gedicht gekommen? Hat der Alte es dir gegeben?«

»Nein, das brauchst du nicht glauben. Ich habe es ihm nach der Stunde regelrecht abfordern müssen.«

»Hey, das war mutig von dir.«

»Ja, nicht wahr ...«, sagt sie und setzt sich etwas aufrechter hin.

Ich blicke ihr in die Augen. Sie sieht süß aus, wie sie mich mit ihren großen Augen unverwandt anblickt. Blitzschnell drücke ich meine Lippen auf ihren Mund. Im ersten Moment weicht sie ein Stück zurück. Ich lege meine Hand auf ihren Hinterkopf und biete ein bisschen Widerstand. Sie hält ihre Lippen geschlossen und ich nage ganz vorsichtig an ihrer Unterlippe. Ihre offenen Augen sind so nah an meinen, dass ich ihren Blick nicht aushalte und meine Augen schließe. Vorsichtig lasse ich meinen Druck schwächer werden und hoffe, dass sie nicht zurückweicht. Ja. Jetzt öffnet sie leicht ihre Lippen und beginnt nun ihrerseits, an meinen Lippen zu saugen.

Das lässt mich ein wenig mutiger werden. Ich streiche mit meiner Zunge ihre Oberlippe entlang. Dann warte ich einen Moment. Nun streicht sie mit ihrer Zunge an meiner Unterlippe entlang. Ich bekomme eine Gänsehaut und taste mit meiner Zunge in neue Gebiete vor.

Der Kuss dauert schön lange.

Vorsichtig öffne ich meine Augen. Maries Augen sind geschlossen. Sie spürt meinen Blick und schaut mich an.

»Was ist?«

»Nichts«, sage ich und küsse sie schnell auf ein Auge.

Sie beginnt zu lachen.

Ich drehe ihr Gesicht ein wenig herum und küsse sie auf ihre Ohrmuschel.

»Hey, das kitzelt«, sagt sie und hebt die Schulter zu ihrem Ohr.

Ich lasse von ihr ab. Die Stellung ist ziemlich unbequem, auf dem Bett nebeneinander zu sitzen und die Körper zueinander gedreht zu halten. Soll ich es wagen, sie aufs Bett zu ziehen? Oder wird das die Stimmung stören?

Ich schlüpfe schnell aus meinen Schuhen und rutsche höher auf das Bett. Ich greife ihre Hand und ziehe sie mit.

»Warte.« Sie beugt sich nach unten und zieht ihre Schuhe aus. Einen Moment später sitzen wir beide nebeneinander gekuschelt auf dem Bett und lehnen uns an die Rückwand.

Marie greift meine Hand und verschränkt unsere Finger. »Du hast es gut.«

Ich lege meinen Arm um ihre Schulter. »Hm… wieso hab ich's gut?«

»Du bist allein in der Wohnung. Niemand kommt einfach so in dein Zimmer.«

»Wieso, ist das bei dir so schlimm?«

»Hm, du hast ja nie eine kleinere Schwester gehabt, die dich ständig mit doofen Fragen nervt ...«

»Nein.«

»Oder eine Mutter, die immer alles ganz genau wissen will.«

Ich muss an meine Mama denken. Manchmal vermisse ich sie.

»Wo ist eigentlich deine Mutter?«, fragt Marie. »Sie lebt nicht bei euch, oder?«

Ich schüttele den Kopf. »Seit ein paar Jahren schon nicht mehr. Meine Eltern haben sich getrennt.«

»Und deine Mutter, wollte sie dich nicht bei sich haben?«

»Doch. Aber ich wollte lieber zu meinem Vater.«

»Dann hast du das praktisch entschieden?« Marie blickt mich ungläubig an.

»Na ja ... sagen wir, ich habe es mitentschieden.«

Marie nickt. Nun kuschelt sie sich noch tiefer in meine Armbeuge. Ich rutsche zu ihr hinunter, sodass wir beide mehr liegen als sitzen. Dann drehe ich mich zu ihr und lege eine Hand auf ihren Bauch. Sie trägt ein leichtes Shirt, das ihr so hochgerutscht ist, dass ein kleiner Streifen nackter Haut sichtbar ist. Ich spiele ein wenig an ihrem Bauchnabelpiercing herum, die kleine Perle lässt sich sogar ein wenig herausziehen. Meine Hand tastet sich unter ihr Shirt vor und streichelt über ihre warme Haut. Ihre Hand liegt auf meinem Arm. Bis jetzt gebietet sie mir keinen Einhalt. Langsam taste ich mich nach oben, bis ich ihren BH berühre. Aber ihr Shirt ist ziemlich eng, sodass ich nicht richtig weiterkomme. Ich halte inne und küsse sie. Maries Kopf liegt nun auf dem Kissen und ich befinde mich mehr über als neben ihr.

Ich küsse sie auf den Mund. Nach einer kleinen Weile öffnet sie ihre Lippen, diesmal ist sie nicht mehr so zurückhaltend und tastet sich mit ihrer Zunge langsam gegen meine vor. Es kitzelt schön, und ich Dummkopf muss plötzlich kichern, weil mir was einfällt. Marie lässt von mir ab.

»Warum lachst du? Mach ich irgendwas falsch?«

»Nein, nein, im Gegenteil…«

»Aber…?«

»Du, sorry, ich musste plötzlich an meine erste Freundin denken, die konnte überhaupt nicht küssen.«

»Wieso?«, fragt Marie. »Was hat sie denn gemacht?«

»Sie hat immer nur den Mund ganz weit aufgerissen und sonst hat sie gar nichts gemacht und ich… ich kam mir irgendwie verloren vor.«

»Und? Hast du ihr das denn nicht gesagt?«

»Nein, wo denkst du hin. Ich war viel zu schüchtern. Wusste ja selbst nicht genau, wie es richtig geht.«

Marie tupft mich zweimal kokett auf die Nase. »Und das fällt dir ein, wenn ich dich küsse, hm?«

Ich schmunzle. »Woher kannst du überhaupt so gut küssen?«

»Hm… ich hab halt ein bisschen geübt.«

»Frechheit. Ich will, dass du ab jetzt nur noch mit mir übst, okay?«

Sie lacht mich an, und bevor sie noch etwas sagen kann,

verschließe ich ihr mit dem nächsten Kuss den Mund. Ich schließe die Augen und lege behutsam meinen Schenkel auf ihren Schenkel. Ich spüre, dass eine Erektion im Anmarsch ist, und drücke mich fester an Marie. Sie scheint das nicht zu stören, denn sie legt eine Hand auf meinen Schenkel und drückt ihn fester an sich. Ich kann mich nicht erinnern, dass mir Küssen jemals so viel Spaß gemacht hat. Für einen kurzen Moment öffne ich die Augen, um zu spähen, ob Marie die Augen offen hat.

Nein.

Gut. Ich würde wahnsinnig gerne mehr Haut von ihr spüren, aber ihr Shirt ist so eng. Vorsichtig nestele ich an ihrem ersten Knopf und öffne ihn. Marie hält im Küssen inne und öffnet die Augen. Sofort wende ich den Blick von ihrem Gesicht ab und konzentriere mich auf den nächsten Knopf, als ob das die beiläufigste Sache der Welt wäre.

*H*immel, er fängt an, mir das Shirt auszuziehen! So als wäre das der logische zweite Schritt nach Stadium eins: dem intensiven Küssen.

Unwillkürlich halte ich den Atem an, konzentriere mich ganz auf seine Hand, die am nächsten Knopf nestelt. Ich spüre, dass meine Erregung abebbt, die Bewegungen meiner Lippen automatischer werden, kann nur noch an diese verdammten Knöpfe denken. Daniel scheint meine Anspannung zu spüren, hält inne und schaut mit einem schiefen Grinsen auf mich herunter.

»Hilfst du mir mal?«

Als ich ihn verständnislos anblicke, zeigt er auf die Knöpfe. »Mit dem Shirt, meine ich. Das ist ja wie ein Panzer.«

Ich schüttele den Kopf. »Ich würde das lieber ... äh ... anbehalten.«

»Verstehe.«

Sofort zieht Daniel seine Hand zurück, streichelt jetzt wieder meinen Bauch, die Taille. Ob er sauer ist? Ob er findet, dass ich mich anstelle? Ich weiß selbst nicht genau, wieso ich dieses Ding unbedingt anbehalten will, hab wohl einfach Angst, dass diesem ersten Kleidungsstück zwangsläufig weitere folgen müssten. Und das will ich nicht. Jetzt nicht. Heute nicht. Das geht mir zu schnell!

Ab irgendeinem Punkt sind Jungs dann so total auf ihre Erregung konzentriert, nehmen kaum noch etwas anderes wahr.

Bei Robert war das jedenfalls so, hat mich manchmal richtig abgestoßen: dieser schnelle, schwere Atem, der starre Blick ...

Verdammt, wieso denke ich jetzt an Robert?

Daniel ist anders. Ganz anders. Er hat meine Grenzen akzeptiert. Einfach so. Ohne nervige Diskussionen. Ich schlinge die Arme um seinen Hals, presse ihn ganz fest an mich. Sein Oberschenkel liegt zwischen meinen Beinen, fühlt sich schön fest an, muskulös, unwillkürlich presse ich meinen Unterleib dagegen. Bin mir ziemlich sicher, dass er eine Erektion hat, kein Wunder, mir ist ja selber total heiß und wattig im Bauch. Jetzt rückt er ein Stück von mir ab, schaut auf mich herunter, streichelt mein Gesicht.

»Hey, du hast ja Sommersprossen.«

»Hm, das einzig Farbige an mir.«

Verständnislos blickt er mich an. »Wie meinst du das?«

»Ach, ich bin immer so blass, an manchen Tagen fühl ich mich wie durchsichtig.«

Daniel grinst. »Also, im Moment hat dein Gesicht jede Menge Farbe…«

Will er damit etwa sagen, dass ich einen knallroten Kopf habe? Prüfend lege ich eine Hand auf meine Wange. Tatsächlich ziemlich heiß.

»Du bist total hübsch, weißt du das?«

Schmeichler.

»Findest du?«

»Hmm.«

Findest du nicht, dass ich viel zu dünn bin und zu blass und meine Haare…«

»Nein«, er legt mir den Finger auf die Lippen, »finde ich nicht.«

»Aber du weißt doch gar nicht, was ich noch sagen wollte.«

»Ich kann's mir vorstellen… alles Quatsch!«

Und dafür muss ich ihn schon wieder küssen. Ausgiebig. Am liebsten würde ich hier ewig liegen bleiben, kuscheln, küssen, Musik hören… Zu zweit scheint alles so einfach zu sein. Probleme machen nur die anderen. Wieso kann man die nicht einfach mal aussperren? Schonzeit für Verliebte… das wär was!

11

Während ich den Schlüssel ins Schloss stecke, wird schon von innen der Summer betätigt.

»Marie – endlich! Sag mal, wo warst du denn die ganze Zeit?«

Mamas Gesicht ist gerötet. Hektisch rückt sie die Stühle in der Diele zurecht. »Ich habe mir Sorgen gemacht! Die Schule ist doch längst vorbei. Und wenn du mit zu Sara gehst, rufst du doch sonst immer an.«

»Es tut mir Leid, ich hab einfach die Zeit vergessen.«

Mama sieht mich verständnislos an. »Die Zeit vergessen? Mensch, Marie, es ist fast sechs Uhr! Ich will jetzt sofort wissen, wo du gesteckt hast!«

Am besten, ich lege gleich die Karten auf den Tisch. Mama kriegt sowieso mit, was mit mir los ist. Sie hat da ein sehr feines Gespür.

»Ich war bei ... Daniel.«

»Bei welchem Daniel?«

Dabei dämmert Mama schon, was los ist. Ich sehe es an ihrem Blick. Ich muss nur noch etwas nachhelfen.

»Der Junge, der letztens diese Party gemacht hat. Du weißt schon, die, bei der Robert aufgetaucht ist.«

»Ah ja, verstehe ...« Sie schaut mich an mit diesem prüfenden Mutterblick, und ich weiß genau, was sie sieht: erhitzte Wangen, strahlende Augen und wahrscheinlich ein völlig blöd-glückliches Lächeln.

»Hast du dich in ihn verliebt?«, fragt sie leise.

Ich nicke, plötzlich irgendwie befangen.

»Ach, Marie«, Mama legt mir den Arm um die Schultern und drückt mich einen Moment lang an sich. »Musst du dich denn so schnell in etwas Neues hineinstürzen? Meinst du, dass das richtig ist?«

Abrupt mache ich mich von ihr los.

»Verdammt, Mama, warum musst du immer alles kaputtmachen? Als ich hier reinkam, war ich so … so glücklich! Und du … du musst gleich wieder anfangen, mir Vorhaltungen zu machen, mir ein schlechtes Gewissen aufzuzwingen. Das ist so … beschissen!«

Meine Stimme ist immer lauter geworden und jetzt kommen mir auch noch die Tränen. Wütend wühle ich in meinen Jeans nach einem Taschentuch, wische sie dann mit dem Handrücken weg. Verdammt, wieso kann ich denn nicht aufhören zu heulen?

»Aber Marie, ich wollte doch nur …« Mama hebt hilflos die Hände. »Ich meine es doch nur gut. Ich will nur nicht, dass du dich unüberlegt auf etwas einlässt, das dir später …«

»Verdammt, wo steht denn geschrieben, wann man sich neu verlieben darf? Gibt es da ein Gesetz?« Ich spüre, dass ich ungerecht werde, aber ich kann nicht aufhören. »Du willst einfach nicht, dass ich glücklich bin! Das ist es doch! Aber ich lasse mir das mit Daniel jetzt nicht kaputtmachen. Ich bin nämlich glücklich, sehr glücklich …!«

Dabei strömen mir die Tränen unaufhaltsam übers Gesicht. Urplötzlich wird mir das Absurde der Situation deutlich und ich beginne, leise zu kichern.

Mama schaut mich erschrocken an. Wahrscheinlich denkt sie, dass ich jetzt völlig durchgeknallt bin.

»Ach, Marie«, sagt sie, »lass uns darüber reden, wenn du ruhiger geworden bist, ja?«

»Mhm, ist sicher besser.«

Ich bin schon auf der Treppe, aber dann drehe ich mich noch mal um, gebe ihr einen schnellen Kuss. »Ich weiß ja, dass du's gut meinst. Aber ich weiß auch, was ich tue, wirklich! Und Daniel ist sehr lieb. Er... er... wird dir gefallen.«

Mama nickt. »Ja, das werden wir ja alles sehen. Willst du noch was essen?«

Ich schüttele den Kopf. »Ich hab keinen Hunger.«

Langsam steige ich die Treppe hoch, schließe aufatmend meine Zimmertür. Automatisch registriere ich, dass Ricky mal wieder an meinen Schminksachen gewesen ist. Lippenstift, Puder, Wimperntusche. Alles liegt kreuz und quer. Mir egal. Ich schleudere die Schuhe von meinen Füßen und lasse mich auf mein Sofa fallen. Hauptsache, Ricky lässt mich heute Abend in Ruhe. Ich brauche Zeit, um zu verdauen, was alles passiert ist: Die Anspannung, mit der ich heute Morgen losfuhr, Daniels abweisend kühles Verhalten, der Schock, als Rust das Gedicht entdeckte, die Sekunde, als Daniel die Tür öffnete, die erhitzten Küsse, die Nähe unserer Körper...

Ich kuschele mich in meine Kissen und lasse jede Minute dieses Tages noch mal Revue passieren.

Die Stimme meines Vaters kommt von ganz weit her. »Marie, Telefon!«

Unwillig rolle ich mich von meinem Bett. Keine Lust, zu telefonieren.

»Mensch Marie, warum hast du dich denn nicht gemeldet? Ich hab dauernd versucht, dich zu erreichen!«

Sara. Ich hätte sie anrufen müssen. Keine Sekunde habe ich daran gedacht.

»Marie, was ist denn los? Hast du Daniel getroffen?«

»Ja, habe ich.«

»Und?« Ihre Stimme klingt eine Spur ungeduldig. »Erzähl doch mal, was gelaufen ist.«

»Himmel, Sara, du weißt doch ganz genau, dass ich hier nicht in Ruhe sprechen kann! Ricky klebt immer mit einem Ohr an der Wand!«

»Okay, dann stell ich dir Fragen und du sagst einfach nur Ja oder Nein.«

Ich seufze. Sara lässt echt nicht locker. »Gut.«

»Also: Daniel war zu Hause?«

»Ja.«

»Und du hast ihm sein Gedicht zurückgegeben?«

»Ja.«

»Er war doch bestimmt total fertig wegen Rust, oder?«

»Ja, klar, am Anfang schon.«

»Später nicht mehr?«

»Nö.«

Sara kichert leise. »Du hast ihn getröstet?«

»Ja.«

»Habt ihr rumgeknutscht?«

»Hmm.«

»Etwa noch mehr?«

Sara will es mal wieder genau wissen. Aber ich hab keine Lust mehr, mich interviewen zu lassen.

»Pass auf, Sara, ich erzähl dir alles morgen, okay?«

»Spielverderberin! Aber gut, holst du mich morgen früh ab?«

»Nein, ich ...«, ich zögere, »... hab mich morgen mit Daniel verabredet. Wir treffen uns an der Kreuzung und wollen dann zusammen zur Schule fahren.«

»Aha«, Sara pfeift durch die Zähne, »so weit ist es schon?« Ihre Stimme klingt nicht mehr ganz so locker wie zuvor.

»Na ja, nach dem Auftritt bei Rust heute wartet die Meute doch nur darauf, Daniel zu zerfleischen. Da will ich ihn nicht allein lassen.«

»Ach so.«

Seltsam knappe Reaktion für Saras Verhältnisse.

»Verstehst du denn das nicht?«, hake ich nach.

»Doch klar, schon kapiert! Okay, Marie, dann bis morgen – in der Schule.«

»Mach's gut.«

Langsam lege ich den Hörer auf. Saras Reaktion hat mich verletzt. Wieso ist sie so distanziert? Dabei brauche ich morgen ihre Unterstützung! Ist doch wohl klar, was in der Schule ablaufen wird. Mensch, was würde ich dafür geben, mir das zu ersparen ...!

Ich stehe an der blöden Kreuzung und habe meine Baseballkappe vergessen. Natürlich regnet es. Sonst habe ich die Kappe immer zur Sicherheit in meiner Lederjacke, aber es hat schon so lange nicht mehr geregnet. Das Scheißwetter passt zu meiner Stimmung. Die halbe Nacht habe ich nicht schlafen können und darüber nachgegrübelt, ob ich heute in die Schule gehen soll oder nicht. Aber was soll's? Ändert nichts an dem Problem, dass ich mich der Klasse stellen muss. Wenn ich heute nicht geh, lauert das Problem morgen auf mich, und ich mach mir nur einen weiteren Tag Sorgen darüber. So hab ich es wenigstens hinter mir.

Wo Marie nur bleibt?

Was soll ich machen, wenn mich alle in der Schule blöd angrinsen und anzügliche Bemerkungen machen?

»Hey, Daniel!«

»Ach, hallo…«

»Was ist das denn für eine Begrüßung? Krieg ich keinen Kuss?« Marie ist mit ihrem Rad vor mir stehen geblieben und streckt mir ihr Gesicht entgegen. Ich hab sie nicht kommen gesehen. Sie trägt eine knallgelbe Regenjacke und strahlt mich an. Der Regen scheint ihr nichts auszumachen.

Ich küsse sie schnell auf die Wange.

»Na, schon Bammel vor der Meute?«, fragt sie.

Ich nicke und steige auf mein Fahrrad. »Komm. Lass uns fahren, ist schon spät.« Ohne lange zu warten, fahre ich los.

»Hey, warte…«

Nein, ich habe lange genug gewartet. Ich möchte nicht, dass wir auch noch zu spät zusammen in den Unterricht kommen und dann besonders auffallen.

Zehn Minuten später, es ist fünf vor acht, betreten wir das Klassenzimmer. Natürlich haben wir genau in der ersten Stunde Deutsch bei Rust, damit es besonders schlimm wird! Aber so ist das Leben, wenn es dicke kommt, dann richtig. Gott sei Dank ist Rust noch nicht da, doch der Lärmpegel in der Klasse sinkt merklich, als wir zwei auf unsere Plätze gehen. Als ob die Idioten alle die Luft anhalten würden.

Als es ganz still ist, macht Bill die erste Bemerkung: »Na, ihr zwei Hübschen, gut geschlafen?«

Das Lachen, das uns aus fast allen Kehlen entgegentönt, wirkt befreiend, aber seltsam unecht. Ich fixiere Bill, dann sage ich laut: »Ich nicht, Marie musst du schon selbst fragen.«

Aber Bill scheint schon die Lust an dem Spiel verloren zu haben. Er kramt in seiner Tasche, als ob dort ein großes Geheimnis versteckt wäre.

»Na, du liebestoller Lyriker, alles unter Kontrolle?!« Angie zieht die Augenbrauen erwartungsvoll nach oben, als ob sie ernsthaft eine Antwort auf ihre Frage erwarten würde. Alle Augen spüre ich auf mich gerichtet, und dann setzt ausgerechnet unser Kleinster eins obendrauf, er glaubt sogar, mich zitieren zu müssen. »›Wenn ich dich fühle, kriege ich eine Gänsehaut‹, haha, na, heute schon 'ne Gänsehaut gehabt?!« Beifall heischend blickt er sich um und zwei, drei Mitschüler giggeln in sich hinein.

»Halt die Klappe, Mike, und kümmer dich um deinen eigenen Kram!«, pfeife ich ihn an.

Es ist seltsam still in der Klasse, wie sonst nie vor dem Unterricht. Irgendwie müssen die anderen spüren, dass ich mir nichts gefallen lasse und gleich auf Angriff schalte. Eigenartig, bei manchen habe ich sogar das Gefühl, dass sie mich ein wenig bewundern oder beneiden. Tss, das hätte ich nie gedacht. Aber es ist halt oft so, dass genau das kommt, was man nicht erwartet. Gut, dass ich mich die halbe Nacht auf die Situation vorbereitet und viele Möglichkeiten meiner Antworten durchgespielt habe. So besitze ich nun einen gewissen Vorsprung. Ich werfe Marie einen Blick zu. Fast unmerklich nickt sie mir zu, ihre Zustimmung bestärkt mich.

Das Klingeln der Schulglocke durchschneidet die Stille. In diesem Moment betritt Rust den Raum. Er schließt die Tür, geht zum Lehrerpult, legt seine Bücher dort ab und wirft einen etwas befremdeten Blick in die Runde. Warum ist es so ruhig hier?

Hoffentlich beginnt er gleich mit dem Unterricht.

»Daniel Gering!«

O nein, jetzt kommt es!

»Ja…« Ich setze mich ein wenig auf. Es ist mucksmäuschenstill, doch in meiner Stirn hämmert es. Das Blut schießt mir in den Kopf.

»Ja, also, Daniel, ich habe noch mal nachgedacht über die Situation gestern…«, sagt Rust langsam.

O Mann, muss er die Situation nun auch noch auskosten.

»… und ich bin zu dem Entschluss gekommen, dass wir beide einen Fehler gemacht haben.«

Was?

»Deshalb möchte ich mich bei Ihnen entschuldigen.«

Was soll das denn jetzt? Rust kommt auf mich zu und

streckt mir die Hand entgegen. Ich drücke sie wie unter Zwang.

»Es tut mir Leid«, sagt Rust, »ich hätte Ihren privaten Brief nicht vorlesen dürfen, das war mein Fehler.«

Wahnsinn, das gibt's doch nicht!

»Und Ihr Fehler war es, sich während des Unterrichts mit privaten Dingen zu beschäftigen.«

Ich starre Rust an. Also, alles habe ich erwartet, nur das nicht. Ich muss sagen, der Blödmann steigt in meiner Achtung.

»Sein Fehler war, sich erwischen zu lassen«, meint Bill.

Die Klasse lacht. Sogar Marie schmunzelt.

»Nun, Bill«, sagt Rust, »wenn Sie sich schon wieder in Szene setzen wollen, dann erzählen Sie uns doch mal, was Sie von der Dramentechnik von Max Frisch wissen.«

Bill steht mit offenem Mund da. Was ihn nicht sehr intelligent aussehen lässt. Tja, nun hat er den schwarzen Peter.

Ich suche den Blickkontakt mit Marie. Endlich schaut sie zu mir. Ein warmer Blick des Einverständnisses trifft mich. Es ist überstanden. Ich fühle mich gut.

12

*R*echt so?«

Die Blumenverkäuferin hält mir den Strauß direkt unter die Nase. »Ich hab noch ein bisschen Grün drumrum gebunden, hätte doch sonst ein bisschen mickrig ausgesehen, was? So, macht acht Euro!«

Ich drücke ihr das Geld in die Hand und nehme den Strauß entgegen. Die Floristin hat so viel dunkelgrünen Farn um die Rosen gewickelt, dass die Blüten kaum noch zu sehen sind. Wieso habe ich ihr denn nicht gesagt, dass sie den Farn weglassen soll? Ach, in diesen Dingen bin ich ein hoffnungsloser Fall …!

Na ja, so ist es wenigstens ein dicker Strauß geworden: zehn kleine rote Rosen für zehn Wochen Daniel und Marie.

Ob Daniel auch an unser Jubiläum denkt? Eher nicht. Jungs sind in solchen Dingen ziemlich verpennt. Dabei habe ich ihn noch vor ein paar Tagen mit der Nase draufgestoßen. Wir hatten nämlich darüber gesprochen, welcher Tag unser »erster« war: der im Schwimmbad oder der Tag, an dem Rust Daniel das Gedicht abgenommen hat. Wir konnten uns nicht einigen. Und natürlich war diese Auseinandersetzung mal wieder ein guter Anlass, sich herumzubalgen! Ich habe schnell rausbekommen, dass Daniel total kitzelig ist, damit kriege ich ihn immer! Unter meinen flinken, krabbelnden Fingern wälzt er sich hilflos auf dem Bett hin und her, kichert, schreit und bettelt um Gnade. Natürlich mache ich dann erst recht weiter, bis er mich urplötzlich packt und zurück in die Kissen drückt, bis ich fast keine Luft mehr kriege. Spätestens dann fangen wir an, wild herumzuknutschen. Wenn ich ehrlich bin, liebe ich diese Spielchen, weiß selbst nicht genau, warum. Ist einfach unglaublich kribbelig!

Schon bei dem Gedanken daran beschleunige ich unwillkürlich meine Schritte. Wie üblich kann ich es kaum erwarten, bei ihm zu sein. Dabei haben wir uns doch schon heute Morgen in der Schule gesehen. Aber das ist was ganz anderes. In der Schule stehen wir nur hin und wieder beisammen, reden ein paar Worte, halten Händchen, aber mehr nicht. Ich hab keine Lust, vor den anderen eine Knutsch-Show abzuziehen. Das find ich bei anderen Pärchen immer unglaublich peinlich! Trotzdem: Manchmal wünsch ich mir schon ein bisschen mehr Nähe, sichtbare Zusammengehörigkeit.

Kapier nicht, wieso sich Daniel in jeder Pause mit Tom in diese dämliche Raucherecke verziehen muss! Überhaupt, Tom. Ich habe ständig das Gefühl, dass er absolut nicht versteht, was sein »Danny« eigentlich an mir fader Maus findet. Manchmal schaut mich Tom so abschätzig von der Seite an, dass ich fast körperlich spüre: Er nimmt mich nicht für voll! Hin und wieder ertappe ich mich bei dem Bemühen, Tom zu gefallen, reifer zu wirken, etwas Cooles zu sagen, einen Gag zu reißen. Klappt natürlich nie!

Tom hat immer so eine gewisse Art, mich auszuschließen, wenn er mit Daniel zusammen ist, dass ich mich total fehl am Platz fühle. Einmal habe ich Daniel wie nebenher gefragt, wie Tom mich eigentlich findet.

»Tom? Dich? Nett, denke ich.«

»Was heißt, ›denke ich‹? Redet ihr da nicht drüber?«

»Nö, warum sollten wir? Ich bin es, der mit dir zusammen ist, da hat Tom doch nix mit zu tun.«

Männerlogik. »Heißt das, dass du mit Tom nie über uns sprichst? Über das, was wir so … äh … machen?«

Was ich eigentlich wissen will, ist: Erzählst du Tom, wie sich meine Brüste anfühlen? Dass ich es gern habe, wenn du meinen Po ein bisschen fester anfasst? Dass meine Ohrläppchen beim Küssen knallrot werden? Erzählst du all das Tom? Aber das frage ich natürlich nicht! Das würde ich nie über die Lippen bringen.

Daniel schüttelt den Kopf, grinst. »Wir reden da nicht so drüber wie ihr Mädchen. Keine Angst!«

»So viel reden Mädchen da auch nicht drüber!«

Ich lege die angemessene Portion Empörung in meine Stimme. Blanke Heuchelei. Sara weiß alles bis ins Detail! Wenn ich ehrlich bin, spare ich nur wenig aus. Ich muss einfach mit ihr über alles reden, was mich bewegt. Da hat auch die Beziehung zu Daniel nur wenig dran geändert. Aber das ist was anderes. Sara mag Daniel, hat keine Vorbehalte gegen ihn. Anders als Tom. Da habe ich immer irgendwie Angst, dass er Daniel gegen mich beeinflussen könnte. Wahrscheinlich totaler Blödsinn!

Vor Daniels Haus wickele ich den Blumenstrauß aus dem Papier, greife rasch in meine Tasche, fahre mir noch mal mit der Bürste durchs Haar. Die neue Spülung ist Schrott, macht mein Haar noch matschiger, als es ohnehin schon ist. Das Geld hätte ich mir sparen können.

Ich drücke auf die Klingel und warte auf das Summen des Türöffners. Wir treffen uns fast immer bei Daniel zu Hause. Dort haben wir die ganze Wohnung für uns, sein Vater kommt meistens erst sehr spät aus dem Theater. Bisher habe ich ihn nur zweimal kurz gesehen. Aber heute ist er da, öffnet mir zerstreut die Tür. Scheiße. Ich verstecke meine Enttäuschung hinter einem höflichen Klein-Mädchen-Lächeln.

»Tag, Herr Gering.«

»Hallo, Marie, tja, Daniel ist eben noch mal weg, wollte irgendwas besorgen. Willst du warten?«

»Wenn es Ihnen nichts ausmacht...?«

»Nein, nein, komm nur rein! Ich habe mir gerade einen Kaffee gemacht. Willst du auch einen?«

Ich folge Daniels Vater in die geräumige Küche, mustere ihn unauffällig. Seine Haare sind ein bisschen zu lang, reichen bis über den dunklen Rollkragen. Er trägt eine schwarze Jeans, ich schiele unauffällig auf das Label, *Calvin Klein*, das passt zu ihm.

Plötzlich dreht er sich zu mir um.

»Wollen wir die Blumen schon mal ins Wasser stellen?«

»Ja, gern!«

»Hm.« Er reißt alle Schranktüren auf, keine Vase in Sicht. »Da müssen wir wohl ein Bierglas nehmen, tut mir Leid! Die Vasen hat meine geschiedene Frau damals alle mitgenommen.«

»Ach so.«

Boah, bin ich wieder geistreich! Soll ich eingehen auf die Erwähnung von Daniels Mutter oder lieber nicht? Ich bin unsicher. Aber da redet Daniels Vater schon weiter: »Ich habe gehört, du gehst öfters ins Theater?«

Ob Daniel das behauptet hat? Bestimmt. Damit sein Vater mich nett findet. »Na ja«, weiche ich aus, »oft ist übertrieben.«

Daniels Vater schenkt sich Kaffee nach, schaut mich aufmerksam an. »Was hat dir denn in letzter Zeit besonders gut gefallen?«

Fieberhaft krame ich in meinem Gedächtnis, kann mich aber beim besten Willen nicht an das letzte Theaterstück erinnern, das ich gesehen habe. Kann mich im Grunde an kein einziges erinnern – seit »Dornröschen« und »Peterchens Mondfahrt«... Mein Kopf ist wie leer gepumpt. Ich fühle, wie die Röte in mein Gesicht steigt. Der hält mich doch jetzt für total bescheuert! Was mache ich nur?

Da dreht sich der Schlüssel im Schloss der Wohnungstür. Gerettet. Erleichtert springe ich auf.

»Ah, da ist ja Daniel!«

Ich laufe ihm entgegen, sehe, was er in der Hand hält, und fange an zu lachen: zehn rote Rosen... und jede Menge Farn drumrum.

Die letzten drei Monate waren toll. Es gab höchstens vier oder fünf Tage, an denen wir uns nicht gesehen haben; und telefoniert haben wir täglich, manchmal sogar zwei- oder dreimal. Und SMS haben wir eine Unmenge verschickt, für das blöde Handy geht fast die Hälfte meines Taschengelds drauf. Wir machen alles zusammen: Einkaufen, Kino, Fernsehen, Schwimmengehen, Essen, Hausaufgaben, ja sogar zum Fußball geht Marie jetzt mit, am Samstag, wenn wir ein Spiel haben, obwohl sie Fußball nicht die Bohne interessiert. Meistens sind wir bei mir, weil wir da einfach freier und ungestörter sind. Außerdem sind ihre Eltern ziemliche Spießer, finde ich. Aber nach zwei Monaten ist es mir gelungen, ein Abkommen mit ihnen zu treffen. Marie darf manchmal abends bei uns fernsehen, wenn ich sie bis zehn Uhr nach Hause bringe. Ob wir dann wirklich fernsehen, weiß ja keiner…

Ich glaube, ich habe mich noch nie in meinem Leben so gut mit einem Menschen verstanden wie mit Marie. Das geht so weit, dass wir manchmal im selben Moment dieselben Dinge denken und aussprechen. Oder jetzt grad eben wieder. Stehe ich erwartungsvoll vor ihr und freue mich über das originelle Geschenk, das ich für sie habe, und was hat sie? Dasselbe Geschenk für mich, zehn rote Rosen.

Ist das alles nur Zufall? Ich glaube nicht.

Nur eine Sache zwickt mich ein wenig. Und das möchte ich ihr sagen. Hoffentlich traue ich mich heute endlich mal. Wir liegen nämlich häufig stundenlang auf meinem Bett herum oder auf dem Boden oder sonst wo und knutschen wie die Weltmeister, aber körperlich bin ich bei ihr bis jetzt nicht viel weiter gekommen.

Vielleicht ist Marie einfach noch zu jung. Sie ist ja nicht mal sechzehn. In der Bravo habe ich gelesen – also ich meine, ich lese sonst natürlich nicht Bravo, die Kinderzeitschrift habe ich bei Maries jüngerer Schwester entdeckt –, also auf jeden Fall stand da drin, dass 40 Prozent aller Mädchen vor ihrem sechzehnten Geburtstag den ersten sexuellen Kontakt mit Jungs haben, das heißt nicht unbedingt, richtig miteinander schlafen, aber schon mit Ausziehen untenrum und so. Aber immer wenn ich mehr bei Marie versuche, als nur rumzuknutschen, wenn ich ihr zum Beispiel den Rock oder ihre Jeans ausziehen will, sträubt sie sich dagegen. Und langsam wird's mir zu blöd, mir ständig einen Korb zu holen.

Zwei Rosensträuße stehen nun in Vasen auf meinem Schreibtisch und verbreiten einen süßlichen Duft im Zimmer. Ich hab die letzte Grönemeyer-CD aufgelegt und Marie und ich kuscheln gemütlich auf dem Bett zusammen. Ich liege halb auf Marie und wir spielen mit unseren Zungen herum. Im Eifer des Gefechts nestle ich an ihrer Jeans, als ich das unvermeidliche Innehalten ihrer Bewegungen spüre.

O Mann, ich muss das jetzt zur Sprache bringen, auch wenn mir das verdammt schwer fällt. Wir lassen beide voneinander ab, nach einer Minute Stille breche ich das Schweigen.

»Du, Marie…«

»Hm?«

»Ich komme mir langsam etwas blöd vor… Hast du eigentlich Angst oder was ist los?«

»Nein, aber…«

»Aber?«

»Irgendwie möchte ich schon auch mehr machen … aber ich bin einfach noch nicht so weit, verstehst du?«

»Ehrlich gesagt … nicht so ganz«, sage ich.

»Daniel, ich … ich fühle mich total wohl mit dir, ehrlich, aber ich möchte einfach noch nicht mit dir …«

»Schlafen?«, helfe ich ihr.

Marie nickt.

»Ja, das ist ja okay … aber warum darf ich dir denn nicht mal die Jeans ausziehen und ein bisschen Haut spüren, was ist so schlimm dran?«

»Nichts ist schlimm dran … nur … nur ich denk eben, es bleibt nicht dabei, weißt du …«

Oje, hätte ich nur nicht davon angefangen. Aber jetzt will ich alles loswerden, worüber ich schon so häufig nachgegrübelt habe. »Hast du eigentlich schon mal über Verhütung nachgedacht?« Ich greife in meine Jeans und zeige ihr die Kondome. »Ständig schleppe ich die blöden Dinger mit mir rum …«

»Das ist gemein!« Marie hat jetzt heftige rote Flecken im Gesicht. »Ich denke oft darüber nach.«

»Und? Gibt es, bevor du in Rente gehst, noch eine kleine Chance für den armen Danny?«

Nun muss sie doch lachen. »Vielleicht wenn ich sechzehn bin.«

Ich rechne nach. »O Gott, das sind ja noch 78 Tage.« Auch ich lache.

Da wusste ich noch nicht, was ihr Satz für eine Bedeutung bekommen sollte.

»Sorry, Marie, ich wollte dich jetzt da nicht so bedrängen, aber ich… ich denke halt so oft darüber nach.«

»Ja, meinst du, ich vielleicht nicht?«

»Weißt du, ich möchte so gerne, und… und ich will halt, dass du auch möchtest, verstehst du?«

»Hm.« Sie nickt.

»Aber was ich ganz sicher nicht will, ist, dass du es bloß geschehen lässt und nur daliegst wie 'ne träge Tomate.«

»Hey, ich bin keine träge Tomate!« Sie stupst mich in die Seite und lacht. Aber ihr Lachen klingt nicht echt.

Oje, ich bin selbst schuld, ich wollte gar nicht so direkt und plump sein, aber irgendwie liegt mir das Problem so schwer auf dem Herzen, dass nicht die Spur von Leichtigkeit in meinen Worten liegt.

Was auch nicht weiter verwunderlich ist, da ich mir einfach zu oft vorgestellt habe – meistens nachts, wenn ich im Dunkeln im Bett liege –, wie Marie nackt vor mir liegt. Ich drehe sie dann um, beiße ihr in den knackigen Po und lege mich auf sie drauf und in meinen Gedanken mache ich noch ganz andere Sachen mit ihr… aber natürlich habe ich ihr bis jetzt kein Wort davon gesagt.

Nun erkenne ich Wut in Maries Augen oder ist es eher Verzweiflung? Ich weiß es nicht, in diesem Moment wirkt sie wie ein in die Enge getriebenes Tier.

Der Abend ist versaut, keiner fasst den anderen mehr an und wir reden kaum noch ein Wort miteinander. Das böse Virus des Misstrauens liegt in der Luft.

Dieses Gespräch heute mit Daniel ist gründlich schief gelaufen. Weiß selber nicht genau, wieso eigentlich.

Überall steht, wie locker und offen doch alle Welt inzwischen über Sex redet, über eigene Bedürfnisse, Wünsche, Techniken … Aber bei mir war das bisher immer der totale Krampf! Ob früher mit Robert oder jetzt mit Daniel! Ich kann da nicht drüber reden wie über einen Pizzabelag: »Ich mag gern das und das nicht, aber vielleicht noch ein bisschen von dem, bitte!«

Wenn ich ehrlich bin, haben mich Daniels Worte heute Nachmittag total gekränkt. Klar, er hat offen gesagt, was er fühlt, und das ist ja eigentlich gut, aber bei mir ist vor allem eins hängen geblieben: Er ist enttäuscht! Was ich ihm gebe, reicht ihm nicht! Er ist unzufrieden, irgendwie frustriert. Und ich habe die ganze Zeit gedacht, er wäre genauso rundum glücklich wie ich.

Wenn wir uns stundenlang küssen, streicheln und so … war ich mir bisher ganz sicher, dass wir genau auf dem gleichen Level sind. Jetzt bin ich total verunsichert.

Klar habe ich mir auch schon oft vorgestellt, mit ihm zu schlafen oder auch einfach nur mal ganz nackt mit ihm zusammen zu sein. Ihn von oben bis unten zu spüren, seine schmalen Hüften zu umfassen, seinen Penis an meiner Haut zu fühlen. Sehr ausführlich habe ich mir das vorgestellt! Und vielleicht habe ich irgendwie Angst davor, dass die Wirklichkeit nicht so schön sein könnte wie meine Fantasien.

In meinen Tagträumen ist natürlich immer alles ganz toll: Gedämpfte Musik, softe Beleuchtung, ich trage wunderschöne Unterwäsche, die wie von selbst von meinem makellosen Körper gleitet, bin selbstbewusst und sinnlich, habe nicht den allerkleinsten Pickel am Körper, nie meine Tage und muss natürlich auch nie dringend aufs Klo, wenn es grade am schönsten ist. Daniel ist zärtlich und leidenschaftlich, rücksichtsvoll und fordernd, alles erscheint ganz selbstverständlich, nicht einen Hauch peinlich oder krampfig… und alles Denken hört auf…

Wahrscheinlich habe ich zu viele Liebesszenen in mittelmäßigen Hollywoodfilmen gesehen! Träumen ist leichter. In letzter Zeit streichele ich mich oft selbst bei diesen Träumen, manchmal sogar bis zum Orgasmus. Dass das tatsächlich kleine Orgasmen sind, die ich da erreiche, habe ich erst vor kurzem geschnallt. Seitdem ich mit Daniel zusammen bin und durch ihn ein paar Mal kurz davor war zu »kommen«. Blödes Wort. Wenn Daniel ganz nah bei mir ist, ich deutlich die Wölbung zwischen seinen Schenkeln spüre, und er meine Brüste küsst, bin ich meistens ziemlich hin und weg, total erregt. Das ist so ein unglaublich schönes, prickelndes Gefühl, selbst wenn noch jede Menge Stoff dazwischen ist. Wie das ohne den Stoff wäre, male ich mir manchmal später allein in meinem Zimmer aus. Ich mag diese Mischung aus Daniel-Realität und Daniel-Fantasie. Fantasie, die ich steuern und lenken kann, rosarot und unendlich aufregend!

Als wir vorletztes Jahr in der Schule mal wieder ein Kapitel »Sexualkunde« aufgedrückt bekamen, war auch das Thema »Selbstbefriedigung« angesagt. Das war der blanke Horror! Bin heilfroh, dass Bill damals noch nicht in unserer Klasse war. Aber auch so hat's gereicht: Die Jungs haben gejohlt und blöde Sprüche gemacht, und wir Mädchen haben betont unbeteiligt vor uns hin gestarrt, so als würde uns das Thema überhaupt nicht betreffen.

Ich hab gespürt, dass Sara nach dem Unterricht ganz gern mal mit mir darüber reden wollte, fragen, ob ich auch und so... Aber ich habe schnell abgebogen. Komisch, das Thema war mir selbst vor Sara peinlich, irgendwie zu intim!

Und dann hätte ich all das heute Daniel erklären sollen? Dass ich zwar total in ihn verknallt bin, so wie noch nie in jemanden zuvor, dass er der Star meiner erotischen Träume ist, mich unheimlich anmacht, aber ich es im Moment lieber habe, diese Erregung selber »abzubauen«, um es mal so zu sagen... Nein, das bringe ich nicht! Irgendwie wird sich das schon von selber lösen.

Hoffe ich mal.

13

Was denkst du dir eigentlich dabei?«

»Hm? – Wobei?«

»Mathe 5, Latein 5, Englisch 4 minus.

»Hä? – Woher weißt du das? Hat Papa dir…«

»Nein«, unterbricht mich Mama. »Ich hab in der Schule angerufen.«

»Du hast was?«

Ich starre meine Mutter an. Sie steht vor mir in der Haustür. Eine Stunde früher als angekündigt. Ohne Hallo zu sagen, stürmt sie an mir vorbei, legt mit Schwung ihre Handtasche ab und baut sich wieder vor mir auf.

»Ja. Ich hab mit deinem Klassenleiter gesprochen. Ist ja wohl mein gutes Recht als deine Mutter, oder?« Sie redet auf mich ein, als ob sie keine zwei Minuten weg gewesen ist.

»Mama, ich bin alt genug, um mich um meine Schulangelegenheiten selbst zu kümmern.«

»Anscheinend nicht. Und deinen Vater scheint das nicht besonders zu interessieren, wie immer, hm. Wo ist er überhaupt?«

»Er ist noch im Theater. Er muss bald da sein.«

»Was glaubst du eigentlich, Daniel, was passiert, wenn du noch mal durchfliegst, hm?«

»Ich flieg nicht noch mal durch, Mama…«

»Ph! Das hast du voriges Jahr doch auch gesagt.«

Ich nicke. »Das war was anderes, da hab ich ja echt nichts getan und…«

»Ach, und jetzt tust du *echt* was!«, unterbricht mich meine Mutter. »Ist dir überhaupt klar, dass du dann von der Schule fliegst und nicht mal die mittlere Reife hast.«

»Ja, ja, verdammt noch mal, behandel mich nicht immer wie einen Zwölfjährigen, ich werde nächstes Jahr volljährig!«

»Dann benimm dich auch danach und stell dich der Realität. Ich sag dir jetzt etwas, mein Sohn, und hör genau zu: Wenn du die zehnte nicht schaffst, dann zahle ich dir keinen Cent mehr.«

»Ich brauch dein Scheißgeld nicht, lass mich in Ruhe!«, schreie ich. Auf dem Absatz mache ich kehrt und will die Treppe hoch zu meinem Zimmer.

Nach drei Schritten werde ich zurückgerissen.

»Halt! Hier geblieben!« Meine Mutter hat mich am Hemd gepackt. »Das hat dein Vater schon immer gemacht, wegrennen, wenn es ein Problem gibt.«

»Na und…«, sage ich trotzig.

Sie steht zwei Stufen unter mir, steigt eine höher, fasst mich an beiden Oberarmen und sagt leise: »Bitte, Daniel, ich will, dass du das Abitur machst und was Vernünftiges studierst.«

Ich spüre, dass sie es gut meint. »Ja, Mama, das habe ich ja vor.«

»Schau, ich will nicht, dass es dir geht wie Vater, der nie Geld hat und keinen vernünftigen Beruf erlernt hat.«

»Aber was redest du denn, Mama? Dad ist Regisseur, das ist doch toll.«

»Hör auf…«, sagt sie mit Verachtung, »an dieser jämmerlichen Provinzbühne.«

In diesem Moment schaue ich zur Haustür und dort steht mein Vater mit verschränkten Armen. Es ist klar, dass er die letzten Sätze mitbekommen hat. Weder Mama noch ich haben ihn kommen gehört. Als Mama ihn entdeckt, wird sie bleich, dann strafft sie sich, sagt aber kein Wort.

Ein paar Sekunden herrscht hässliches Schweigen.

Dad schaut meine Mutter an, deutet zur Tür und sagt nur ein Wort.

»Raus!«

»Du kannst mich nicht einfach rauswerfen. Ich muss mit dir reden.«

Dad schüttelt den Kopf, geht drohend auf sie zu. Ich sehe, er ist zu allem entschlossen. Auch meine Mutter scheint das zu spüren. Rasch nimmt sie ihre Handtasche, eilt zur Haustür, öffnet sie. Dort dreht sie sich noch mal zu Dad um.

»Das war nicht das letzte Wort. Da kannst du Gift drauf nehmen!«

Die Haustür fällt ins Schloss.

Dad geht in die Küche. Ich schleiche ihm hinterher. Er entkorkt einen Rotwein, schenkt zwei Gläser ein und reicht mir eins. Er ist ganz ruhig, aber seine Mundwinkel zucken heftig. Er hält das Glas so fest, dass seine Knöchel an der Hand weiß hervortreten. Ich habe Angst, dass das Glas zerspringt. Er schaut mich an. Noch nie habe ich ihn so aufgebracht gesehen.

»Prost, mein Junge!« Er hält mir das Glas hin.

»Prost, Dad.« Ich stoße an.

Wir trinken. Nach einer Pause sagt mein Vater: »Warum war sie hier?«

»Sie hat gesagt, wenn ich noch mal durchfalle, zahlt sie keinen Cent mehr.«

»Herrgott, Daniel, du hast mir versprochen, dass du dich in der Schule zusammenreißt. Muss ich jetzt vielleicht täglich deine Hausaufgaben kontrollieren?«

Mist. Er hat Recht. Ich hab mich die letzten Wochen nicht gerade viel um die Schule gekümmert. Schließlich gab es ein anderes Thema, das mich voll beansprucht hat.

Ich blicke meinem Vater in die Augen. »Ich versprech's dir, Dad… ich bau dieses Jahr keinen Mist in der Schule.«

Mein Vater nickt mir zu, langsam, drei, vier Mal. Ohne etwas zu sagen. Ich drehe mich um, gehe die Treppe hinauf zu meinem Zimmer.

Ich hasse Leute, die ihre Versprechen nicht halten.

Auf meinem Bett liegen das Mathe- und das Lateinbuch. Ich werf mich aufs Bett und nehme mir das Mathebuch vor. Aber ich hab jetzt einfach keinen Nerv für die Scheißschule. Ich muss mit Marie sprechen. Neben meinem Bett liegt das Telefon. Ich wähle die Nummer, die ich blind tippen kann. Belegt. Ich wähle ihre Handynummer, aber da ist nur ihre Mailbox dran. Ich spreche nichts drauf.

Dann noch mal Mathe. Nach ein paar Minuten feuer ich das Buch in die Ecke und wähle noch mal.

Immer noch belegt!

Leg auf, Mädel, ich bin's. Was plappern die denn so viel! Drei Frauen im Haus, kein Wunder, dass man da nie durchkommt. Die müssen vielleicht 'ne Telefonrechnung haben!

Jetzt telefoniere ich schon seit zehn Minuten mit Sara und weiß immer noch nicht, was mit ihr los ist. Sie ist irgendwie komisch, richtig reserviert. Und ich fasele vor lauter Unsicherheit nur unwichtiges Zeug, in der blödsinnigen Hoffnung, dass sie endlich wieder so ist wie immer. Witzig, locker und lieb. Sara eben. Aber ich habe keine Chance. Irgendwie ist der Wurm drin!

Kaum habe ich den Hörer aufgelegt, kommt Mama aus der Küche geschossen.

»Marie, vorhin hat die Praxis angerufen und gefragt, ob ich heute Nachmittag einspringen kann. Wollte ich natürlich nicht ablehnen, sonst heißt es doch gleich, ich sei unflexibel. Kannst du nachher das Abendessen vorbereiten? Nur Möhren putzen und die Kartoffeln aufsetzen.«

Ich seufze. Na super! »Hmm, wenn's sein muss.«

»Marie, jetzt lass bitte diesen genervten Ton! Es ist doch wirklich nicht zu viel verlangt, wenn du ausnahmsweise mal beim Kochen helfen sollst, oder? Du kannst wirklich nicht sagen, dass ich Ricky und dich viel einspanne. Erst jubelt ihr, dass ich endlich wieder ›arbeite‹ – als wenn das hier zu Hause die ganzen Jahre über keine Arbeit gewesen wäre –, und wenn ihr dann mal mithelfen sollt, jammert ihr gleich los!«

Mama hat sich richtig in Rage geredet. Was ist denn heute nur los, dass alle so in Gewitterstimmung sind?

»Ist ja schon gut.«

Ich habe keine Lust auf weitere Diskussionen und greife nach meinem Fahrradschlüssel.

»Wo willst du denn noch hin?«

»Nur kurz zu Sara. Die war eben am Telefon so seltsam.«

»Ihr seht euch doch morgen in der Schule.« Mama schüttelt den Kopf. »Du bist derartig viel unterwegs in letzter Zeit, Marie! Wir kriegen dich kaum noch zu Gesicht. Ricky hat auch letztens gesagt, dass sie gern mal wieder mit dir ...«

»Wie bitte? Die ist doch nur froh, wenn sie in Ruhe in meinem Zimmer rumstöbern kann!«

Mama zuckt die Achseln. »Da machst du es dir ein bisschen sehr leicht, Marie! Aber ich muss jetzt los. Denk bitte an das Abendessen!«

»Ja, ja.«

Ich bin froh, als ich draußen bin. Meine Mutter wird immer gleich so hektisch, wenn irgendetwas Außerplanmäßiges passiert. Als wenn es so schlimm wäre, das Abendessen heute mal ausfallen zu lassen und was aus der Pommesbude zu holen. Aber nein, das ist natürlich undenkbar! Werde ich nie verstehen.

Saras Fahrrad steht vor dem Haus. Gut, dass sie da ist! Schnell drücke ich auf den Klingelknopf. Zweimal kurz hintereinander. Das ist unser Zeichen.

Ich drücke die Tür auf. »Sara?«

»Bin oben.«

Sie liegt auf ihrem Bett und blättert in einer Zeitschrift.

»Was machst du denn hier?«

Schon wieder dieser Ton.

»Ich dachte, wir könnten noch ein bisschen quatschen«, sage ich betont locker. »Ich hab zwar nicht viel Zeit, aber …«

»Wann holt er dich denn ab?«, unterbricht Sara mich.

»Hä? Wen meinst du?«

»Na, Daniel natürlich!« Endlich klappt Sara die Zeitschrift zu.

Ich schüttele den Kopf. »Quatsch, ich muss nach Hause, weil ich kochen soll. Daniel hatte heute überhaupt keine Zeit. Seine Mutter wollte kommen. Der arme Kerl, dieser Besuch lag ihm ganz schön auf der Seele, glaub ich! Seine Mutter ist doch so eine Karriere-Tussi mit Armani-Kostüm und Aigner-Tasche, weißt du. Ich habe sie bisher nur auf Fotos gesehen. Superschick, unheimlich gepflegt und attraktiv, war wohl früher mal Schauspielerin. Als es für die ganz große Karriere nicht reichte, hat sie umgesattelt auf Immobilienmaklerin. Daniel sagt, sie sei unheimlich geschäftstüchtig. Kann man sich auch gut vorstellen, wenn man sie so sieht … ein stahlharter Blick, sage ich dir! Ich bin froh, dass Daniel nicht nach ihr geraten ist. Der ist ja eher ein Romantiker. Weißt du, was er gestern zu mir gesagt hat?« Ich muss lächeln. »Gestern hat er mir plötzlich von hinten die Hände auf die Augen gelegt und …«

»Marie, sei still!«

»Was?« Irritiert starre ich Sara an. Dieser Ton … wie Glas.

Sie hat die Zeitschrift neben sich auf den Boden geschmissen. »Merkst du eigentlich noch irgendwas? Ich meine, merkst du noch irgendwas, was nicht Daniel und dich betrifft?«

Verständnislos starre ich sie an. »Aber ...«

»Marie, ich habe echt keinen Bock mehr: Jedes Gespräch, jeder Satz läuft irgendwann auf Daniel hinaus! Es ist völlig egal, worüber wir vorher geredet haben, verstehst du? War es ein Film, dann hat Daniel ihn schon gesehen ... War es ein Buch, dann hat Daniel es schon gelesen oder sein Vater oder sein Großvater oder ... sein Friseur!« Saras Augen sind ganz schmal vor Wut, und sie redet immer weiter: »Erzähl ich dir von einem Pullover, hat Daniel garantiert einen in der gleichen Farbe, oder er wollte sich gerade einen kaufen oder was auch immer! Du schaffst es, jedes Gespräch bei Daniel enden zu lassen. Wirklich jedes! Und, Marie: Es kotzt mich an! Wirklich: ES KOTZT MICH AN!!«

Dabei sieht sie tatsächlich aus, als würde sie sich direkt auf ihr Bett übergeben. Völlig geschockt starre ich sie an. Kann es einfach nicht fassen! So viel aufgestaute, unbändige Wut ... Es ist, als ginge ein Riss durch den Fußboden und trennte uns.

Langsam stehe ich auf.

»Warum hast du denn nie was gesagt? Ich meine, dass dich mein Gerede nervt.« Meine Stimme klingt ganz weit weg.

Sara lacht leise auf. »Du hörst doch gar nicht zu, Marie! Und du wolltest auch gar nichts merken. Hauptsache, du kannst dich weiter stundenlang über Daniel auslassen!«

»Aber das stimmt nicht! Totaler Quatsch!«

Langsam löse ich mich aus meiner Erstarrung, spüre

Wut aufsteigen. »Du und ich, wir treffen uns doch immer noch regelmäßig. Und das war mir auch immer sehr wichtig. Ich habe nicht eine einzige Verabredung mit dir abgesagt, auch wenn Daniel mich mal darum gebeten hat, und ...«

»Ach, wie großzügig!« Sara lehnt sich zurück. »Du hast also auf herrliche Nachmittage mit deinem Liebsten verzichtet, nur um dich mit deiner armen, einsamen Freundin zu treffen. Vielen Dank!«

»Sei doch nicht so sarkastisch! Ich ... ich ... habe wirklich geglaubt, dich interessiert, was mit mir los ist, wie es mir geht mit Daniel und so.«

Sara nickt. »Am Anfang war das auch so, klar! Aber irgendwann reicht es! Da will man selbst auch mal wieder wahrgenommen werden. Aber das ignorierst du einfach, interessiert dich nicht. Auch Steffi meint, dass du seit ...«

Ich blitze sie ungläubig an. »Du hast mit Steffi darüber gesprochen?«

Sara zuckt die Schultern. »Nicht so detailliert, aber dass dir alle anderen zur Zeit am Arsch vorbeigehen, fällt nun mal allgemein auf!«

»Schön, dass ihr euch einig seid!«

Ich reiße die Tür auf, stürme die Treppe hinunter. Sara macht keinen Versuch, mich zurückzuhalten.

Schwer atmend stehe ich neben meinem Fahrrad. Fühle mich wie vor den Kopf geschlagen. Versuche, mich krampfhaft an die zurückliegenden Gespräche mit Sara zu erinnern. Ging es wirklich immer nur um Daniel? Himmel, was habe ich Sara nicht alles anvertraut! Dabei wollte sie es gar nicht hören, war nur angeödet, abgenervt, hat vielleicht alles haarklein an Steffi weitergegeben… O Gott! Tränen schießen mir in die Augen.

Klar habe ich viel über Daniel erzählt. Das ist nun mal das, was mich im Moment am meisten beschäftigt. Wieso kann Sara das nicht ertragen? Manchmal habe ich schon überlegt, ob sie eifersüchtig ist. Darauf, dass ich einen Freund habe, dass ich glücklich bin… Ach, Scheiße!

Vor einiger Zeit hatte ich ja das Gefühl, dass sich Sara ein bisschen in Tom verguckt hat. Immer wenn sie angefangen hat, von ihm zu reden, habe ich abgebogen. Weil ich glaube, dass Sara nicht den Hauch einer Chance bei ihm hat. Daniel hat mal erwähnt, dass Tom mit Frauen ziemlich kompliziert ist und eher auf ältere steht. Aber das wollte ich Sara nicht unter die Nase reiben. War wohl ein Fehler! Mist. Mist. Mist.

Aber das ist alles kein Grund, mich jetzt aus heiterem Himmel derart fertig zu machen! Und dann auch noch mit anderen über mich herzuziehen. So was Mieses!

Das verzeihe ich ihr nie!

Ich werfe einen Blick auf die Uhr. Verdammt, wird Zeit, nach Hause zu fahren, um dieses blöde Essen zu machen. Aber das pack ich jetzt nicht! Ich will zu Daniel, jetzt gleich! Ich halte es nicht aus, jetzt allein zu sein. Nicht nach alldem. Entschlossen steige ich in die Pedale.

Hoffentlich ist seine Mutter schon weg.

14

Vor fünf Minuten ist Marie gekommen.

Es hat an meiner Tür geklopft, ich dachte zuerst, es ist Dad, aber nun steht Marie plötzlich vor mir, an der Haustür ist Dad ihr entgegenkommen, wollte noch auf ein Bier gehen, sagt sie.

Dann sprudelt es aus Marie heraus. Ein Streit mit Sara, so heftig wie noch nie!

Und dass sie ihr das nie verzeihen kann, so wie Sara über sie hergezogen ist. Und auch über mich ist sie hergezogen. Ich denke, ich höre nicht recht.

Aber so, wie Marie mir das erzählt, scheint Sara einfach eifersüchtig zu sein. Auf mich, auf uns, auf unser Glück, auf die viele schöne Zeit, die wir miteinander verbringen, und dass sie jetzt nur noch die Nummer Zwei ist und auf was weiß ich noch alles ...

Endlich komme ich dazu, auch von meinen Sorgen zu erzählen. Nun merke ich erst, wie mies es mir selbst geht. Der Streit mit Mama und der Vorwurf von Dad liegen mir schwerer im Magen, als ich zuerst zugeben wollte.

Marie setzt sich dicht neben mich aufs Bett und beginnt, mein Gesicht zu küssen. Das habe ich jetzt nicht erwartet, eigentlich wollte ich ja noch in die Bücher schauen. Aber was soll's. Heute ist eh nichts mehr mit Lernen. Zu viel passiert.

Auch Marie ist ganz durcheinander. Der Streit mit Sara scheint ihr ganz schön an die Nieren gegangen zu sein.

Mein Blick fällt noch mal auf die Schulbücher, die am Boden herumliegen. Ich nehme mir fest vor, morgen richtig mit dem Lernen anzufangen.

Marie und ich trösten uns gegenseitig. Es ist schön, jemanden an seiner Seite zu haben, wenn man down ist. Sie sitzt einfach nur neben mir, aber das reicht. Ich muss nur ihre Gegenwart spüren, schon geht's mir besser. Ich brauche sie jetzt. Und sie ist da.

Ich betrachte Marie von der Seite. Es ist seltsam, sie wirkt heute anders als sonst, irgendwie aufgedreht. Als ob ihr der Streit einen Energiestoß verpasst hätte.

Wie niedergeschlagen Daniel wirkt! Diese Mischung aus Wut und Traurigkeit in seinem Gesicht ... Ich nehme ihn in den Arm und presse ihn ganz fest an mich. Ich fühle mich ihm so nah wie noch nie. Ist doch alles egal, solange wir uns haben! Daniel und Marie. Marie und Daniel.

Wie von selbst beginne ich, Daniel zu küssen, lange und heftig. Dann ziehe ich ihm mit einer schnellen Bewegung das Sweatshirt über den Kopf. Er schaut mich überrascht an. Kein Wunder! Bisher war immer er es, der die Initiative ergriffen hat. Aber heute ist es anders. Heute bin ich dran! Bevor Daniel die Knöpfe meines Shirts öffnen kann, tue ich es selbst und schaffe es tatsächlich, ihm dabei in die Augen zu schauen, anstatt wie sonst mein Gesicht an seiner Schulter zu verstecken. Es ist irre, je aktiver ich werde, desto sicherer fühle ich mich!

Ich streife meinen BH ab und beobachte Daniel unter halb geschlossenen Lidern. Ob ihm die aktivere Marie gefällt? Ich glaube, er ist ein bisschen verunsichert. Oder ist er gar schockiert oder so was? Bin froh, als die Ausziehprozedur vorbei ist und wir wieder ganz nah beieinander sind.

Unendlich langsam beginnt Daniel jetzt, mein Gesicht zu küssen, meinen Hals, den Ansatz meiner Brüste. Seine Behutsamkeit macht mich heute fast ein bisschen kribbelig. Ich ziehe seinen Kopf nach oben, küsse ihn heftig, presse mich dicht an seinen Körper, fühle seine Erektion, drücke mich dagegen.

Sein Atem geht schneller. Ich öffne die Augen, möchte sehen, wie er jetzt, in diesem Moment, aussieht. Auch er hat gelinst. Unsere Blicke treffen sich, einen Moment lang schauen wir uns an, erregt, erhitzt, ganz nah und doch irgendwie fremd, neu. Dann lassen wir uns wieder fallen, streicheln, tasten, küssen… Und ich möchte mehr, ich möchte… ich zögere. Aber dann löse ich schnell den Gürtel seiner Jeans, öffne seine Hose. Das geht viel leichter, als ich dachte, auch mit einer Hand.

Als hätte ich den Film angehalten, liegt Daniel plötzlich ganz still, scheint kaum mehr zu atmen, als könnte er meine Hände durch eine falsche Bewegung stoppen. Sanft streiche ich über die Wölbung zwischen seinen Schenkeln, spüre seinen Penis durch den Stoff, ganz fest und warm fühlt sich das an.

Daniel küsst mich und versucht dabei unauffällig, seine Jeans abzustreifen. Geschafft. Dann liegt er wieder da.

Erwartungsvoll. Anscheinend will er seine passive Rolle im Moment nicht aufgeben. Dabei wäre ich jetzt für etwas Unterstützung ganz dankbar! Himmel, hoffentlich stell ich mich nicht allzu ungeschickt an! Ich hole tief Luft. Als ich Daniels Slip nach unten ziehe, springt sein Penis heraus und sieht einen Moment lang irgendwie komisch aus, wie er da so aufrecht in der Luft steht.

Als empfinde er genau das Gleiche, rollt sich Daniel auf die Seite und zieht die Beine ein Stück an den Körper. Er ist jetzt ganz nackt. Wie schön das ist, seine Haut zu fühlen, ohne irgendwelchen Stoff dazwischen! Der glatte Rücken, die Härchen an den Oberschenkeln … Ich schmiege mich an ihn, Daniel seufzt. Seine Hände gleiten über meinen Rücken, den Po, wandern meine Schenkel hinauf und schieben sich schließlich langsam tastend zwischen meine Beine. Ich habe das Gefühl, mein Slip ist schon ziemlich feucht. Ob ihn das stört? Hundertmal habe ich gelesen, dass diese Feuchtigkeit ein »ganz natürliches« Zeichen weiblicher Erregung ist, trotzdem ist es mir unangenehm. Bescheuert!

Daniels Finger schlüpfen in meinen Slip, streicheln, reiben. Ein bisschen zu heftig spüre ich den Druck seiner Hand. Als ich mich ein Stück zur Seite drehe, zieht er sofort seine Finger zurück.

»Was ist? Möchtest du das nicht?« Seine Stimme ist heiser, unsicher.

»Doch, aber … etwas sanfter«, flüstere ich.

Bloß nicht mehr sprechen.

Daniels Hände wandern zurück, vorsichtig, tastend.

Jetzt bin ich es, die den Atem anhält. Das Gefühl ist so intensiv, konzentriert, weich, warm, schön. Irgendwann schaffe ich es, mich aus meinem völlig verrutschten Rock zu winden. Endlich keine Klamotten mehr an. Wir drängen uns aneinander. Ganz dicht. Kein Zentimeter Platz mehr zwischen uns.

Wie von selbst gleitet Daniels Penis zwischen meine Beine, reibt sich an mir. Unwillkürlich erwidern meine Schenkel den Druck. Gut fühlt sich das an. Samtig und warm und...

Stopp!!

Ich drehe mich abrupt weg. Die Aufklärungsbücher, die unsicheren, zögernden Vorträge meiner Mutter über Verhütung haben ihre Wirkung nicht verfehlt. Die Alarmglocken im Kopf läuten: Jetzt wird's gefährlich! Bloß nicht schwanger werden!

Da greift Daniel plötzlich nach mir, presst mich an sich, sein Atem wird schneller, keuchend, und dann fühle ich schon die warme Flüssigkeit an meinem Bauch. Himmel, er hatte einen Orgasmus! Automatisch presse ich meine Beine zusammen. Natürlich weiß ich, dass man beim Petting nicht schwanger werden kann. So stand es jedenfalls in sämtlichen Büchern, die ich neugierig gewälzt habe, trotzdem habe ich Angst...

Wir halten uns in den Armen, bewegen uns minutenlang keinen Zentimeter. Das Sperma klebt zwischen unseren Bäuchen, fühlt sich seltsam an. Bin total unsicher. Was soll ich denn jetzt machen?

Nein, nein, nein! Das darf doch nicht wahr sein.

Ich wollte das nicht. So was Blödes, superpeinlich.

Dabei habe ich gar nicht viel gemacht und schon geht mir einer ab. Ich meine, ich lag eigentlich nur da. Marie hat mich am Pimmel nicht mal berührt, und ich hab mich halt an sie gedrückt, hab mir vorgestellt, was jetzt alles passieren würde, für ein paar Sekunden hab ich mich gefühlt wie im Paradies, hab mir gedacht, Wahnsinn, jetzt ist es so weit, sie will endlich mehr von mir, vielleicht sogar mit mir schlafen.

Weiß gar nicht, warum, doch egal, das Gefühl war einfach endgeil, ich wollte es eigentlich noch hinauszögern, ging alles viel zu schnell, war außer meiner Kontrolle. Ich meine, wenn ich mir alleine einen runterhole, dann habe ich den Zeitpunkt, wann es so weit ist, immer ganz gut im Griff, und so wie das jetzt war mit Marie, das kenne ich überhaupt nicht. Ich hab gespürt, dass es gleich kommt, und hab dann kurz innegehalten bei meinem Drücken an ihrem Schenkel, aber zu spät, es kam einfach, ohne dass mein Kopf oder mein Wille groß gefragt wurden.

Wie stehe ich denn jetzt da?

Am liebsten würde ich alles rückgängig machen. Komme mir vor wie ein Zwölfjähriger in der Pubertät. Was soll ich ihr denn jetzt sagen? Soll ich mich entschuldigen? Mein Hals ist ganz trocken, dafür ist mein Bauch ganz nass und Maries auch … Wie verhält man sich denn bloß in so einer Lage?

Irgendwie habe ich mir meinen ersten Orgasmus zusammen mit einer Frau ein klein wenig anders vorgestellt. Ein neues Gefühl für mich, als Marie auf einmal so aktiv wurde, was sonst gar nicht ihre Art ist. Ich fand es eigentlich schön, war aber so überrascht und wusste plötzlich nicht mehr, was ich machen oder davon halten sollte, und hab halt erst mal gar nichts getan, und jetzt komme ich mir so blöd vor, aber die Situation war einfach zu neu für mich, eine ganz unbekannte Marie.

Was denkt sie jetzt bloß von mir?

Ich sollte irgendwas sagen, aber ich kann einfach nicht. Wenigstens ist es halbwegs dunkel in meinem Zimmer und Marie kann mein Gesicht nicht so gut sehen. Hoffentlich ist es ihr nicht unangenehm, meinen Samen auf ihrem Bauch zu spüren? Ich rolle mich schnell aus dem Bett. Mist, wo sind denn die blöden Taschentücher? Ah, da! Ich setze mich auf die Bettkante und reiche Marie ein Tempo.

»Hier. Ist es okay so?«

Marie räuspert sich. »Hm, ja… ja, natürlich.«

Verschämt wischen wir beide an unseren Bäuchen herum, doch ihr scheint es viel weniger auszumachen als mir. Sie liegt immer noch ruhig im Bett und schaut mich an.

»Komm, leg dich noch mal zu mir…«, sagt sie leise.

Ich rutsche neben sie und will mich hinlegen, als ich einen nassen, kalten Fleck am Hintern spüre. Ich setze mich wieder auf, nehme das Taschentuch und wische an dem Laken herum.

»Lass doch, ist doch nicht schlimm«, sagt sie.

Ich lege mich neben sie, und Marie kuschelt sich sofort in meine Armbeuge, dann lässt sie ihre Hand zart über meine Brust und über meinen Bauch wandern.

Mein Pimmel ist jetzt klein und zusammengeschrumpft.

Ich ziehe die Bettdecke bis zu meinem Bauch, will nicht, dass sie mich so sieht.

Ein paar Minuten liegen wir so, keiner sagt ein Wort. Endlich gelingt es mir, Marie ins Gesicht zu sehen.

Sie lächelt mich an. Ein Strahlen liegt auf ihrem Gesicht, so als hätten wir uns eben erst kennen gelernt.

15

»Sag mal, bist du wahnsinnig geworden, so spät nach Hause zu kommen und uns noch nicht mal anzurufen!? Es ist fast elf Uhr!!«

Mein Vater hat einen knallroten Kopf. Er umklammert die Zeitung in seiner Hand so fest, als fürchte er, gleich zuzuschlagen. Dabei ist Papa ein ruhiger, sanfter Mensch, einer, der Auseinandersetzungen eher aus dem Weg geht. So wütend wie jetzt habe ich ihn selten gesehen. Mama hockt hinter ihm auf einem Stuhl und sieht fix und fertig aus.

»Mensch, Marie, wo warst du denn? Papa wollte schon die Polizei anrufen!«

Ich stehe stumm vor ihnen, weiß nicht, was ich antworten soll.

»Wir haben immer wieder versucht, dich über dein Handy zu erreichen!«, fährt Mama fort. »Dann haben wir Sara angerufen, aber die hat gesagt, dass du schon gegen sechs wieder bei ihr weggefahren bist. Und sie hat auch gesagt, dass ihr euch ziemlich gestritten habt und…« Mama stockt. »Dann haben wir alle deine Freundinnen angerufen. Aber keine wusste, wo du bist! Und auch bei Daniel ist niemand an den Apparat gegangen.«

Siedend heiß fällt mir ein, dass es ein paar Mal geläutet hat, während wir in Daniels Zimmer waren, aber wir hatten anderes im Kopf…

Ich schlucke. »Aber ich war bei Daniel. Die ganz Zeit! Nach diesem Streit mit Sara musste ich einfach zu ihm … Es tut mir total Leid, dass ihr euch solche Sorgen gemacht habt! Wirklich!«

Papa räuspert sich, weiß offensichtlich nicht, wohin mit seiner Wut, weil ich mich so unerwartet einsichtig zeige.

Aber ich weiß selber, dass ich Mist gebaut habe! Klar, meine Eltern engen mich oft ein, wollen mich behüten und beschützen, als wäre ich gerade mal zehn. Und ihre vorsichtige, geregelte Lebensweise geht mir manchmal echt auf den Geist. Aber sie stehen zu mir, sind immer für mich da. Nicht so wie Daniels Mutter, die alle paar Monate wie ein Überfallkommando aufkreuzt, auf besorgte Mama macht, und ansonsten nur das Geld rüberwachsen lässt. Und Daniels Vater scheint auch genug mit sich selbst zu tun zu haben … Ich hab immer das Gefühl, er ist froh, wenn Daniel ihn weitgehend in Ruhe lässt.

Bevor mein Vater noch irgendwas sagen kann, stürze ich auf ihn zu und lege meinen Kopf an seine Schulter.

»Entschuldige, Papa!«

Zögernd erwidert er meine Umarmung, klopft mir unbeholfen auf den Rücken. »Ist schon gut, Marie.«

Meine Mutter steht auf. »So was darf sich wirklich nicht wiederholen! Du musst wenigstens kurz anrufen, wenn dir etwas dazwischenkommt.«

Ich nicke, fühle plötzlich den irrwitzigen Wunsch, wieder Mamas und Papas kleines Mädchen zu sein und all meine Probleme und Ängste einfach bei ihnen abzuladen. *Nehmt ihr das – ist mir noch zu schwer.*

Früher ging das.

Vorbei.

»Ich gehe jetzt nach oben.«

Mama nickt mir zu. »Ich komme später noch mal zu dir.«

»Was war denn los mit Sara?«

Mama setzt sich zu mir aufs Bett, streicht die Decke glatt. Gemütlich und vertraut fühlt sich das an. Ich stopfe mir mein dickes rotes Kissen unter den Kopf und berichte von Saras Vorwürfen.

Mama nickt. »Ich kann schon verstehen, dass Sara sich zurückgesetzt fühlt, Marie! Du bist im Moment so sehr mit deinen Gefühlen für Daniel beschäftigt, dass alle anderen sich ausgeschlossen fühlen müssen.« Bevor ich dagegenhalten kann, spricht sie weiter: »Das ist kein Vorwurf! Ich denke, das ist völlig normal, wenn man verliebt ist. Aber für deine Freunde und auch für uns bedeutet das eben eine enorme Umstellung.«

Das schnalle ich nicht. »Was habt ihr denn damit zu tun?«

Mama überlegt einen Moment. »Na ja, wir erleben auch zum ersten Mal, dass dir ein anderer Mensch derartig wichtig ist. Dass du dich entwickelst und dich langsam von uns entfernst, eben erwachsen wirst.«

»Aber ich war doch vorher schon mit Robert zusammen.«

»Das war ganz anders, das weißt du doch selbst.«

»Hmm, ja.«

Ich bin ein bisschen unsicher. Es ist so ungewohnt, mit Mama über meine Gefühle für Daniel zu sprechen.

»Weißt du, mit Daniel ist es viel schöner und intensiver als mit Robert. Wenn er eben zur Tür raus ist, vermisse ich ihn schon wieder. Ich denke ständig an ihn, träume von ihm ... Das ist total verrückt, Mama!« Ich zögere, möchte sie noch etwas fragen, will aber die Stimmung zwischen uns nicht zerstören. Dann sage ich es doch: »Was hat dir nur so gut an Robert gefallen? Warum wolltest du unbedingt, dass ich mit ihm zusammenbleibe? Ich habe das bis heute nicht kapiert.«

Meine Mutter seufzt. »Ich glaube, ich habe da einfach ein paar Dinge verwechselt.«

»Verwechselt?«

»Robert hat sich so aufrichtig um dich bemüht, er erschien mir so reif in seinen Gefühlen. Ich habe gedacht, ein solcher Mann würde dich nie verletzen oder enttäuschen ...«

»Du meinst so eine Art Liebe als Lebensversicherung?«

Mama lacht. »Ja, so ähnlich! Ich bin da wohl ein gebranntes Kind ...« Sie zögert einen Moment, dann sagt sie: »Weißt du, bevor ich deinen Vater kennen lernte, war ich mit einem Mann zusammen, den ich sehr geliebt habe. Ich war völlig verrückt nach ihm!«

Mama lächelt leise, während ich mir vorzustellen versuche, dass meine vernünftige Mutter »verrückt nach jemandem« ist. Schwierig.

Sie gibt mir einen Nasenstups. »Ich weiß, was du denkst! Ich war aber wirklich sehr, sehr verliebt und zu jedem Wahnsinn bereit. Anfangs habe ich ständig meine Eltern belogen, um ihn zu treffen. Du weißt ja, wie konservativ Oma und Opa denken. Und dann habe ich auch noch auf meinen Pharmazie-Studienplatz in Köln verzichtet und eine Ausbildung angefangen, bloß um in seiner Nähe zu bleiben. Kurz darauf hat mich Andreas dann von heute auf morgen verlassen.«

»Aber warum?«

Meine Mutter zuckt die Achseln. »Er hatte Angst, sich so früh zu binden, wollte noch was erleben, fühlte sich von dem ›Opfer‹, das ich ihm gebracht hatte, unter Druck gesetzt und so weiter. – Es hat lange gedauert, bis ich die Trennung überwunden hatte. Und danach wollte ich nur noch einen Mann, auf den ich mich verlassen kann, in jeder Lebenslage, auch wenn das Leben mit ihm vielleicht nicht so aufregend und kribbelig werden würde wie die Zeit mit Andreas.«

»Also wolltest du einen Mann … wie Papa.«

Mama zögert, doch dann nickt sie. »Ja, einen Mann wie deinen Vater!« Sie schaut mich fest an. »Versteh mich nicht falsch, Marie! Ich liebe deinen Vater und er war damals wahrhaftig nicht die zweite Wahl. Er war das, was ich wollte!«

Ich schlucke. »Aber ich möchte kein Entweder-oder, Mama. Ich möchte alles zusammen: Liebe und Freiheit, Vertrauen und Zärtlichkeit und Sex und …«

»Sex?«

Mama schaut mich an. Mutterblick. Ich weiß genau, was jetzt kommt.

Aber ich schaffe es, ihrem Blick standzuhalten. »Warum nicht?«

Meine Mutter streicht ihren Rock glatt, obwohl es da nichts zu glätten gibt. »Natürlich, Marie, ich lebe ja nicht auf dem Mond! Du bist jetzt schon einige Zeit mit Daniel zusammen. Und dass ihr nicht immer nur fernseht, wenn du abends bei ihm bist, ist mir auch klar. Aber... äh... seid ihr denn schon so weit? Ich meine, ihr habt doch noch nicht... oder?«

Ich schüttele den Kopf. »Bis jetzt nicht, aber... ich denke schon mal darüber nach und Daniel auch.«

»Ist das nicht zu früh, Marie?«

»Ach, Mama, bitte...!«

»Schon gut, ich will mich da nicht einmischen! Ich möchte nur vermeiden, dass du dich vielleicht von ihm drängen lässt und selbst noch gar nicht willst, oder so was.«

»Aber so ist das nicht, wirklich nicht.«

Mamas Hände streichen über meine Bettdecke. »Vielleicht solltest du auf jeden Fall mal zu meiner Frauenärztin gehen? Dr. Rentzel ist eine nette, aufgeschlossene Frau. Ich denke, mit ihr kannst du über alles reden, nicht nur über Verhütung, auch über Schutz vor AIDS und so weiter.«

AIDS – dieses Gruselwort, das einem immer wieder entgegengehämmert wird...! Aber es ist wichtig, klar!

Ich nicke. »Zu einer Frauenärztin wollte ich sowieso mal gehen. Ich möchte gern wissen, ob bei mir alles in Ordnung ist. Erst mal nur so...«

»Gut, dann gebe ich dir morgen die Telefonnummer. Aber jetzt muss ich auch ins Bett. Ich bin hundemüde. Gute Nacht, Marie!«

Als Mama aufstehen will, ziehe ich sie rasch zu mir herunter und drücke ihr einen Kuss auf die Wange.

»Danke, Mama!!«

Sie lächelt leise. »Danke wofür?«

Ich räuspere mich. »Für alles eben.«

Ich kuschele mich in meine Kissen, während meine Mutter leise hinausgeht.

Ich sitze an meinem Schreibtisch und pauke Mathe. Die beknackten Logarithmen wollen nicht in meinen Schädel rein. Aber sie müssen, ich habe es Dad versprochen und auch mir selber. Der Logarithmus von 32 ist…?

Ah, Scheiße, ich hab keinen Nerv auf Mathe! Was wohl Marie gerade macht? Soll ich sie noch mal anrufen? Das wäre unser drittes Gespräch heute; eins in der Schule, nachmittag hat sie mich angerufen und jetzt… nein, lieber nicht.

Drei Tage sind nun schon vorbei, und ich denke immer noch daran, wie ich zu früh bei ihr »gekommen« bin. Hab extra zwei von meinen alten Aufklärungsbüchern aus den Regalen hervorgekramt und habe nachgelesen unter dem Begriff *Frühzeitiger Samenerguss.*

In dem einen Buch stand der schöne Satz: *Das Hirn und der Penis des Mannes sind zwei völlig verschiedene Organe.*

Und da macht das eine nicht immer das, was das andere will ...

Tja, wie wahr, wie wahr.

Eines der Bücher hat mir Dad vor drei Jahren geschenkt. *Die Prinzenrolle – über die männliche Sexualität,* er findet es prima. Wenn es zu seiner Zeit schon so ein gutes Buch gegeben hätte, wäre ihm manches leichter gefallen, hat er gemeint.

Ich lese: *Wir sind davon überzeugt, dass auch in der Bundesrepublik die Mehrheit der Männer von sich glaubt, nicht gut genug zu »funktionieren«, also die eigene Ejakulation nicht in ausreichendem Maß kontrollieren und hinauszögern zu können. Ein großer Teil der Männer ist der Ansicht, oft früher zu ejakulieren, als es eigentlich richtig wäre.*

Aha. Ich bin also nicht ganz allein mit meinem Problem. Besonders bei ganz jungen Männern ist das eine häufige Sache, heißt es in dem anderen Buch. Wenn also das Glied des Mannes zu früh »losgeht«, so ist das überhaupt kein Grund zur Sorge.

Gut, immerhin. Aber nützt mir jetzt momentan auch nicht viel. Wie wird es nächstes Mal sein? Und was kann man dagegen tun? Ich blättere hin und her, aber darüber steht natürlich nichts in den schlauen Büchern.

Ich stürze mich noch mal auf Mathe. Muss einfach sein. Nach einer halben Stunde habe ich die Hausaufgabe geschafft und sogar noch etwas neuen Stoff durchgepaukt. Ich gehe runter ins Wohnzimmer, hol mir 'ne Coke und ein paar Chips und knall mich aufs Sofa vor die Glotze. Kommt wieder nur Mist, zieh ich mir halt einen von Dads Videos rein,

9½ Wochen zum Beispiel, ist 'n scharfer Streifen. Mickey Rourke und Kim Basinger sind in einer Tour am Rummachen. Ein Wahnsinnsgestöhne läuft da ab. Ob wohl alle Frauen so leidenschaftlich sein können wie die in dem Film da? Und alle Männer so obercool sind, wenn's zur Sache geht?

Plötzlich steht Dad neben mir, ich erschrecke, will schnell das Video ausmachen, aber er sagt: »Lass nur, ich find den Film auch cool«, und setzt sich neben mich.

Ich fühl mich nicht ganz wohl dabei, weil die beiden da schon wieder zugange sind, diesmal sogar im Stehen in einem Hauseingang.

»Du … Dad?«

»Hm?«

»Kann ich dich mal was fragen?«

»Klar.«

»Ist das normal, dass die Frauen immer so stöhnen und die Männer sich alle benehmen wie, äh … wilde Hengste?«

»Nein, nein, das ist nur die Filmrealität. Man zeigt ja auch immer nur die Höhepunkte.«

»Weißt du, irgendwie macht mir das Angst, dass ich vielleicht nicht so toll bin und es nicht so bringe wie die im Film immer.«

Dad legt mir einen Arm um die Schulter, macht mit der Fernbedienung den Ton etwas leiser. »Du, ich versteh deine Bedenken, aber in der Wirklichkeit ist das alles halb so wild.«

»Echt?«

»Ja, sicher.«

»Und warum wird das dann in Filmen immer so gezeigt?«

»Na ja, in Filmen zeigt man meist nur die Riesenkonflikte und die ganz großen Leidenschaften.«

»Hm.«

»Schau, hast du dir schon mal überlegt, dass man im Film innerhalb von zwei Stunden ein ganzes Leben erzählen kann?«

Ich schüttle den Kopf.

»Das liegt eben daran, dass man fast nur die Höhepunkte eines Lebens aneinander reiht.«

»Stimmt... so habe ich das noch nie betrachtet.«

»Und bei den Liebesszenen ist es dasselbe. Man zeigt nur das Leidenschaftliche, das Schöne, das Überhöhte. Alles ist perfekt ausgeleuchtet, alle Menschen sind immer furchtbar schön, keiner hat 'nen Pickel oder schwitzt und alle sind immer tadellos geschminkt und super gestylt.«

»Ja, das ist mir auch schon aufgefallen.«

»Und wenn du dich jetzt mit diesen perfekten Menschen vergleichst, hast du nie eine Chance, da schneidest du immer schlechter ab.«

»Verstehe...«

»Der Vergleich hinkt. Weil die Erwartungen dann immer so hoch sind und du sie zwangsläufig nicht erfüllen kannst. Verstehst du?«

Ich nicke. »Und in echt? Zum Beispiel bei dir und Mama, war das da anders?«

Dad schmunzelt. »Na ja, ich weiß nicht, ob Mama und ich da so ein leuchtendes Beispiel waren.«

»Habt ihr denn nie so leidenschaftlich miteinander...?«

»Doch, doch, freilich. Die ersten zwei Jahre war es ganz toll bei uns …«

»Und dann?«

»Na ja, und dann kam irgendwie der Wurm rein …« Nach einer Pause fügt er hinzu: »Wenn man ständig streitet, denke ich, fördert das nicht gerade die Leidenschaft.«

Bei dem Video läuft der Abspann. Dad schaltet den Rekorder aus, dann den Fernseher. Er blickt auf die Uhr. »Du, es ist schon halb zwölf. Jetzt aber ab ins Bett.«

Ich stehe auf und trage mein Zeugs in die Küche. Dad folgt mir. »Wie läuft's denn so mit Marie, hm?«

»Och … alles bestens.«

»Gut.« Er holt sich noch ein Bier aus dem Kühlschrank.

»Gute Nacht, Dad.«

»Nacht. Weißt du, Daniel, ich glaube, wenn beide dasselbe wollen, dann ist es immer richtig, dann kann gar nichts schief gehen. – Schlaf gut.«

16

Heute gehe ich nun endlich zu dieser Frauenärztin. Den Termin vor zwei Wochen musste ich absagen, weil ich plötzlich meine Periode bekommen hatte, volle fünf Tage zu früh! Dabei ist das sonst bei mir ziemlich regelmäßig, war vielleicht die Aufregung. Irgendwie ist es eine seltsame Vorstellung, sich von einer völlig fremden Frau zwischen die Beine schauen zu lassen…

Wie gern hätte ich vorher alles mit Sara durchgekaut! Sie war nämlich letztes Jahr schon mal bei Dr. Rentzel. Aber über so was kann ich im Moment mit Sara nicht reden. Völlig unmöglich!

Die totale Funkstille zwischen uns dauerte zwar nur zwei Tage, aber trotzdem ist es anders als früher. Wir sind beide kühl und zurückhaltend, fast höflich. Ich achte sehr darauf, Daniel mit keinem Wort zu erwähnen, und so reden wir nur noch über Schulkram und Eltern und so. Manchmal ist es richtig krampfig – und traurig. Unsere alte Vertrautheit, die stundenlangen Quatschereien, das Rumgekichere fehlen mir sehr! Wenn ich Daniel nicht hätte, würde ich richtig Frust schieben. Aber mit ihm zusammen kann ich alles andere hinter mir lassen.

In den letzten Wochen war es so schön und vertraut und aufregend… Wenn sein Vater nicht da ist, laufen unsere Treffen im Moment fast immer auf heftiges Petting hinaus. Ich staune manchmal selbst, wie … ja, wie … gierig ich darauf bin!

Ich taste noch mal nach dem kleinen Zettel in meiner Tasche. Meine Mutter meinte, dass die Ärztin sicher wissen will, wie regelmäßig meine Periode kommt, wann die letzte war und so weiter. Deswegen habe ich mir alles genau aufgeschrieben, falls ich wieder mal eins meiner berühmten Black-outs haben sollte.

Das Wartezimmer ist proppenvoll, ein paar Frauen kenne ich vom Sehen, Bekannte von meiner Mutter. Ob die ahnen, weshalb ich hier bin? Guten Tag, ich bin Marie Färber und will in allernächster Zeit mit meinem Freund schlafen. Steht mir das ins Gesicht geschrieben? Himmel, ich spinne mal wieder!

Endlich werde ich aufgerufen. Bevor es richtig losgeht, misst mir eine dieser energischen Sprechstundenhilfen, die in allen Praxen gleich sind, den Blutdruck und schickt mich auf die Waage. Sie notiert den Termin meiner letzten Periode. Dann soll ich im Sprechzimmer der Ärztin warten.

Gott sei Dank, Frau Dr. Rentzel ist mir auf den ersten Blick sympathisch, sieht richtig jung und nett aus, mit ihren blond gesträhnten Haaren und dem freundlichen, berufsmäßigen Lächeln. Sie wirft einen schnellen Blick auf ihre Karteikarte und fragt dann: »Was führt Sie denn her, Marie? Haben Sie irgendwelche Beschwerden?«

Ich rutsche auf meinem Stuhl hin und her. »Nein, das nicht, ich wollte nur mal … äh …«

»… nachschauen lassen, ob alles in Ordnung ist?«, hilft sie mir weiter.

»Ja … das auch – und über Verhütung wollte ich mit Ihnen sprechen.« Endlich ist es raus.

»Ja, natürlich!« Die Ärztin zuckt nicht mit der Wimper. Und dann fragt sie mich erst mal tausend Dinge: Ob meine Periode regelmäßig kommt, in welchen Abständen, wie stark die Blutung ist, ob ich gesundheitliche Probleme habe, und, und, und. Mir schwirrt der Kopf. Ich bin heilfroh, dass ich meinen kleinen Notizzettel habe.

Plötzlich fragt sie: »Hatten Sie denn bereits Verkehr, Marie?«

Ich spüre, wie mir die Röte ins Gesicht schießt. Schon dieses Wort »Verkehr« – grauslich!

»Äh … nein, bis jetzt noch nicht! Aber ich habe einen Freund, seit vier Monaten. Und wir würden schon gern …«

Die Ärztin lächelt. »Schön, dass Sie sich vorher Gedanken über Verhütung machen! Angst vor einer ungewollten Schwangerschaft ist keine gute Basis für das erste Mal, nicht?«

Sie steht auf. »Gut, dann möchte ich Sie jetzt gern untersuchen.«

Sofort werden meine Finger eiskalt. Da, hinter der Abtrennung steht er, dieser blöde Gyn-Stuhl!

Dr. Rentzel deutet auf einen Vorhang. »Machen Sie bitte nur Ihren Oberkörper frei, Marie! Ich möchte zuerst Ihre Brüste untersuchen.«

Immerhin gibt es also eine Anwärmphase. Ich schäle mich aus Pullover und BH und stelle mich dann auf einen kleinen Hocker. Die Ärztin beginnt, konzentriert meine

Brüste abzutasten. Ob ihr auffällt, dass die linke etwas kleiner ist? Ihre Hände sind warm, sanft und flink, jetzt tasten sie über die Lymphknoten an den Achselhöhlen. Ich schaue starr über ihren Kopf hinweg gegen die Wand und versuche, an etwas anderes zu denken.

»Alles in Ordnung, Marie. Keinerlei Auffälligkeiten.« Die Ärztin nickt zufrieden. »Tasten Sie sich auch selbst regelmäßig ab?«

»Ja… doch.«

Das ist ein bisschen geschwindelt. Klar, wenn ich eine entsprechende Anleitung in einer Frauenzeitschrift sehe, mache ich das ein, zwei Mal vor dem Badezimmerspiegel. Und dabei bleibt es dann… die Trägheit siegt.

»So, jetzt können Sie sich obenrum wieder anziehen und bitte den Unterkörper freimachen, ja?«

Ich schlüpfe aus Hose und Slip, setze mich auf den äußersten Rand des Untersuchungsstuhls und lege meine Beine in die Stützen. Dann lehne ich mich vorsichtig zurück. Frau Dr. Rentzel trägt jetzt dünne Gummihandschuhe.

»Ist schon ein bisschen komisch beim ersten Mal, nicht?«

Ich nicke.

»Bitte rutschen Sie mit dem Po noch ein kleines Stück nach vorn. Ja, so. Prima!«

Sie sitzt jetzt auf einem kleinen Hocker direkt vor meiner Scheide. Vorhin habe ich extra noch mal geduscht, um mich so frisch wie möglich zu fühlen.

»Nehmen Sie Tampons oder Binden, Marie?«

»Tagsüber meistens Tampons, aber die kleinen.«

Während ihre Finger behutsam in meine Scheide wandern, redet die Ärztin freundlich und ruhig auf mich ein: »Ich schaue mir jetzt erst mal den Scheideneingang an und taste den Muttermund ab… So, ja… da ist alles in bester Ordnung… Und jetzt wollen wir mal die Gebärmutter betrachten… da muss die andere Hand etwas helfen.«

Sie drückt mit der linken Hand leicht auf meinem Bauch herum.

»Ja, jetzt kann ich die Gebärmutter fühlen, sie ist normal groß und schön weich. Fühlt sich gut an und hier sind auch die beiden Eierstöcke.«

Ihr gleichmäßiger, ruhiger Redefluss tut gut, macht die ganze Prozedur so… selbstverständlich! Irgendwie habe ich mir das Ganze viel schlimmer vorgestellt! Intimer, peinlicher, weiß nicht genau. Dann führt die Ärztin noch ein kleines Rohr in meine Scheide ein und streicht mit einem Wattestäbchen etwas Sekret auf ein Glasplättchen. Das Ding im Körper fühlt sich schon ein bisschen fremd an, aber es geht schnell vorbei. Vorsichtig zieht sie das Röhrchen wieder heraus.

»Das war's, Marie! Sie können sich wieder anziehen. Soweit ich sehen konnte, ist alles in bester Ordnung bei Ihnen.«

Aufatmend richte ich mich auf und rutsche vom Stuhl herunter. Geschafft. Ich hab's hinter mir!

Während ich mich anziehe, zählt sie mir die verschiedenen Verhütungsmethoden auf: Spirale, Kondom, Pille… Das meiste, was sie erzählt, weiß ich schon aus so einem

Mädchen-Aufklärungsbuch, das mir Mama vorletztes Jahr geschenkt hat.

Endlich sitzen wir uns wieder gegenüber an ihrem Schreibtisch. »Ich würde schon gern die Pille nehmen, weil sie sicher ist und nicht … nicht stört.«

Die Ärztin nickt. »Da spricht auch nichts dagegen. Es sei denn … rauchen Sie, Marie?«

Ich schüttele den Kopf.

»Gut.« Sie stellt noch ein paar Fragen, erläutert, erklärt, worauf ich achten muss. Irgendwie kann ich mich gar nicht richtig konzentrieren, das muss ich später auf dem Beipackzettel alles genau nachlesen. Fragt sie mich gar nicht, ob meine Eltern einverstanden sind? Nein, das scheint gar kein Thema zu sein! Sie füllt das Rezept aus und reicht es mir.

»Hier, Marie, bitte kommen Sie aber in drei Monaten wieder zur Kontrolle! Und das hier möchte ich Ihnen auch noch mitgeben.« Sie greift in ihre Schublade und hält mir eine Broschüre entgegen, ›Jugend und AIDS‹. Sicher haben Sie auch in der Schule über AIDS gesprochen?«

Ich nicke. »Ja, und ich denke … also, wir gehören nicht zu diesen Risikogruppen, nehmen keine Drogen, oder so.«

»Haben Sie denn noch irgendwelche Fragen?«

Sie schaut mich an, freundlich, noch immer geduldig, aber irgendwie spüre ich doch den Zeitdruck, unter dem sie steht. Schließlich ist das Wartezimmer voll, obwohl die offizielle Sprechstundenzeit schon fast um ist.

Bestimmt fällt mir hinterher noch irgendwas Wichtiges

ein, was ich unbedingt fragen wollte. Was soll's, dann kann ich ja anrufen. Ich verabschiede mich, schnappe mir meine Sachen und laufe die Treppe hinunter, den Zettel mit dem Pillenrezept fest in der Hand.

Bin schon gespannt auf Daniels Gesicht, wenn ich ihm die erste Packung unter die Nase halte …

*D*as neue John-Grisham-Buch lacht mich an, »Die Schuld«, das würde ich gerne lesen, aber es ist gebunden und kostet 25 Euro. Nehme ich lieber ein Taschenbuch von ihm, was ich noch nicht kenne. Mal schauen … »Das Testament«, ich lese die Rückseite, klingt interessant … und kostet nur 9,95 Euro, das kann ich mir gerade noch leisten. Ich stehe in meiner Lieblingsbuchhandlung in der Stadt und schmökere ein bisschen in den Neuerscheinungen. Zu Hause wartet ein Berg von Hausaufgaben auf mich. Mathe, Latein und Geschichte. Aber ich muss mir jetzt erst mal was Gutes tun. Ich gehe an die Kasse und zahle das Buch. Auf der Straße lese ich im Gehen die erste Seite. Es geht gleich ganz spannend los. Auf einmal wird es dunkel, zwei Hände legen sich von hinten auf meine Augen.

Ich nehme die Hände weg, drehe mich um und blicke Marie ins Gesicht. »Hey, wo kommst du denn her?«

»Na rate mal«, sagt sie, »wo ich gerade war.«

»Weiß nicht …«

»Ja … rate halt mal«, hakt sie nach.

»Im CD-Shop?«

»Nein.«

»Beim Frauenfußball?«

»Quatsch, du Affe…«, lacht sie.

»Auf einer Schönheitsfarm?«

»Du gemeiner Hund!« Sie boxt mich in die Seite. »Bei der Frauenärztin.«

»Wieso? – Fehlt dir was?«

»Himmel noch mal, hast du heute 'ne lange Leitung… Ja, mir fehlt was und das habe ich mir gerade geholt.«

Was? Sie hat doch nicht etwa…?

»Ich hab doch in drei Wochen Geburtstag…«, unterbricht Marie meine Gedanken, »und da wollte ich dir was schenken.«

»Was? Zu deinem Geburtstag wolltest du mir was schenken?!«

»Hm.« Marie nickt.

»Ich dachte eigentlich, äh… ich wollte dir da was schenken.«

»Ja, das kannst du ja auch.« Ungeduldig blickt sie mich an, greift rasch in ihre Tasche und hält mir etwas entgegen. »Hier.«

Ich schaue auf die kleine Schachtel und lese: *Mikropille zur Empfängnisverhütung*… Also doch. Ich pack es nicht!

Marie lacht mich an, dann nimmt sie mir die Pillenschachtel wieder aus der Hand und steckt sie ganz cool in ihre Tasche zurück. Plötzlich kommt sie mir viel erwachsener vor.

»Na…«, sagt sie. »Hast du es jetzt geschnallt?«

Ich nicke. Wahnsinn!

»Freust du dich denn gar nicht?«, fragt sie.

Ich nicke und nicke. Wahrscheinlich sehe ich aus wie einer dieser mechanischen Hunde, die auf Berührung ewig mit dem Kopf wackeln. Ich greife Marie mit beiden Armen um die Hüften, hebe sie ein Stück hoch und drehe sie, so schnell ich kann, in der Luft herum.

»Hilfe!«, schreit sie. »Polizei ...!!«

»Wow!«, sage ich. Ich setze sie ab, lasse sie aber nicht los.

»Darf ich mir auch was wünschen von dir?«, fragt sie.

»Alles.«

»Ich wünsche mir eine Feier ...«

»Klaro.«

»... nur mit uns zweien.«

»Schon gebongt.«

»Bei dir zu Hause.«

»Lässt sich machen, lässt sich machen.« Ich strahle sie an.

Und Marie strahlt zurück. Sie meint es ernst. Sie meint es wirklich ernst. Das ist der Wahnsinn!

17

Was steigt eigentlich an deinem Geburtstag, Marie?«

Niklas beugt sich so weit zu mir rüber, dass der Barhocker, auf dem er sitzt, in eine bedrohliche Schräglage gerät. »Ist doch ein Samstag, wenn ich nicht irre. Also bestens geeignet für eine kleine Fete in kultiger Reihenhaus-Atmo. Du schickst deine Eltern ins Kino, Schwesterlein zu Oma und wir mischen die Siedlung auf...«

Ich muss fast schreien, weil Alberto, der Wirt des kleinen Cafés neben der Schule, die Musik mal wieder urplötzlich auf fortissimo gedreht hat. Wenn ein italienischer Song im Radio läuft, flippt er regelmäßig aus.

»Ich muss dich enttäuschen. Ich mache keine Fete!«

Niklas verdreht die Augen. »Planst du etwa so 'ne nervige Weiberrunde mit Psychogelaber und Schminktipps?«

Obwohl Sara neben mir scheinbar völlig in ihr Gespräch mit Steffi vertieft ist, spüre ich genau, dass sie jetzt die Ohren spitzt. Was soll's! Irgendwann muss sie es ja erfahren.

»Ich feiere dieses Jahr ganz allein nur mit... mit Daniel.«

Niklas pfeift durch die Zähne. »Oh... Amore! Romantik, Dinner for two, Kerzenschein. Etwa ein großer Anlass?«

»Ach komm, verschon mich, ja?«

Ich greife mir meine Tasche, bahne mir einen Weg durch die Tische und zahle meine Cola vorne bei Alberto. Keinen Bock auf Diskussionen! Es war schon schwer genug, bei meinen Eltern durchzusetzen, meinen sechzehnten Geburtstag bei Daniel zu feiern!

Meine Mutter war irgendwie richtig beleidigt. »Wenn du nur im kleinen Kreis feiern möchtest, kann Daniel doch zu uns kommen. Ich koche uns was Schönes und dann könnt ihr beide es euch oben bei dir so richtig gemütlich machen.«

Als ob das möglich wäre …! Bei uns zu Hause sitzt man doch ständig auf dem Präsentierteller. Von Ruhe und Ungestörtsein keine Spur! Ein einziges Mal haben sich Daniel und ich dazu hinreißen lassen, bei mir zu Hause rumzuknutschen. Nach drei Minuten stand Ricky in der Tür und machte Stielaugen, als sie Daniels verrutschtes Hemd sah. Kaum hatten wir Ricky rauskatapultiert, rief mich Mama ans Telefon, weil Oma wissen wollte, was ich mir zum Geburtstag wünsche. Zurück in meinem Zimmer, merkte ich dann, dass ich in der Hektik meine Bluse völlig falsch zugeknöpft hatte. Deswegen also hatte Papa im Vorbeigehen so komisch geguckt …

Nein, das alles will ich mir echt ersparen! Ich wünsche mir einen wunderschönen, ungestörten Geburtstag ganz allein mit Daniel. Und den werden wir haben. Sein Vater ist an dem Abend auf irgend so einer Theaterfeier. Also wird uns nichts und niemand stören können.

Schon hundertmal habe ich mir diesen Abend in allen Einzelheiten ausgemalt. Alles soll wunderschön und entspannt sein. Und das wird's auch, da bin ich ganz sicher! Wir sind uns inzwischen so vertraut, auch körperlich. Wenn ich da noch an den Krampf vom Anfang denke ... kann ich mir kaum noch vorstellen! Aber das erste Mal, das ist eben einzigartig, unwiederbringlich ... Deswegen soll es super werden! Aufregend und zärtlich und romantisch ...

Ich weiß schon genau, was ich anziehe: Irgendwie werde ich Mama dazu bringen, mir ihr neues rotes Satin-Top zu leihen. Das passt nämlich supergut zu meinem schwarzen Pannesamt-Rock. Und auch drunter soll alles perfekt sein: Letzte Woche habe ich geschlagene zwei Stunden in der Dessousabteilung von H&M verbracht und etwa vierzig BHs und Slips anprobiert. Ich konnte mich einfach nicht entscheiden: Schwarz war mir zu heftig, rosa zu mädchenhaft, weiß zu langweilig ... Aber dann habe ich einen wunderschönen weinroten BH entdeckt mit einem breiten Satinrand und einem dazu passenden Slip. Daniel wird umfallen, wenn er mich darin sieht ...! Und weil ich grad dabei war, habe ich mir auch noch eine neue Bodylotion gekauft und ein Körperpeeling, das die Haut superzart macht.

Ich möchte mich wunderschön fühlen, wenn ES passiert. Schließlich ist das so was wie das wichtigste Ereignis in meinem bisherigen Leben, oder?

Die Pille nehme ich jetzt schon seit fast zwei Wochen jeden Morgen. Ich habe keinen Versuch gemacht, sie zu verstecken, sondern sie offen in meine Nachttischschublade gelegt. Ich bin sicher, dass Mama sie gesehen hat.

Aber glücklicherweise hat sie kein Wort dazu gesagt. Das ist allein meine Sache. Meine und Daniels. Aber irgendwie habe ich das Gefühl, Mama ahnt, dass wir an meinem Geburtstag zum ersten Mal miteinander schlafen wollen. Selbst Niklas schien ja so was in der Art zu vermuten, als er hörte, dass ich mit Daniel alleine feiern werde.

Ach, sollen sie alle denken, was sie wollen... Ich zähle schon die Tage!

O Mann, o Mann, ich bin obernervös drauf.

Heute Abend ist es so weit, ich werde mit Marie schlafen. Ihr Geburtstagsversprechen, mit Vorankündigung, Wahnsinn!

Diesmal muss es klappen. Hoffentlich passiert mir nicht wieder das Missgeschick, dass ich zu früh... Ich habe mir schon überlegt, ob ich mir kurz vorher einen runterhole, damit ich nicht wieder so übererregt bin und vielleicht wieder... O nein, schon Viertel vor acht! Na ja, jetzt ist es eh zu spät.

In einer viertel Stunde rauscht sie an und ich hab noch nicht mal die Hälfte vorbereitet. Beim Einkaufen habe ich so lange rumgetrödelt, dass die Zeit nun knapp wird. Ich wollte was Superleckeres kaufen und habe mich in dem Feinkostladen ewig beraten lassen. Aber ich glaub, ich hab 'ne endgeile Wahl getroffen, Krabbencocktail, dazu echten Champagner und als krönenden Abschluss eine Mousse au Chocolat. Achtundvierzig Euro musste ich löhnen, übersteigt total mein Budget, aber was macht man nicht alles für das erste Mal.

Von Dad habe ich mir dreißig Euro geliehen, Gott sei Dank ist er jetzt nicht da, vor Mitternacht kommt er nicht nach Hause, schaut sich irgendwo auswärts ein Theaterstück an. Er weiß nicht, was wir vorhaben, aber ich glaube, er ahnt etwas.

Ich decke den Tisch im Wohnzimmer. Wo sind denn nur die kleinen Schüsseln? Ach da, hinter den großen … Blöd, da sieht sie doch keiner.

Ich überprüfe noch mal den CD-Player, Musik ist schon eingelegt, alles genau geplant. Wo sind denn die Kerzen? Zum x-ten Mal renne ich in die Küche. Ah, da in der Tüte! Die langstieligen Gläser? In der Vitrine …

Zurück im Wohnzimmer, rücke ich das Besteck und die Teller noch mal hin und her.

Geduscht bin ich bereits, aber unter den Achseln schwitze ich schon wieder. Wenn ich dazukomme, wasche ich mich noch mal und spray mich frisch ein.

Ich renne die Treppe rauf in mein Zimmer und werfe einen letzten Blick aufs Bett. Alles in Ordnung. Das Rollo vor dem Fenster ist heruntergelassen, auch hier habe ich eine CD vorbereitet, für nachher passt sicher eher was Softes. Kerze und Feuer stehen bereit. Ich öffne die Schublade meines Schreibtisches. Das Päckchen Kondome grinst mich an. Weiß nicht, ob wir sie brauchen, aber sicher ist sicher. Ich geh noch mal nebenan ins Bad, überprüfe mein Outfit: das schwarze T-Shirt und die neue Jeans mit dem Ledergürtel; ich weiß, dass ich Marie darin gefalle, und ich fühl mich sicher darin. Gestern habe ich mir noch einen knallengen schwarzgrauen Slip gekauft, da wird sie Augen machen. Mein Pimmel, der mir sonst immer zu klein vorkommt, wirkt da drin irgendwie größer, finde ich.

Wieder runter in die Küche. Kühlschrank auf, alles bereit. Getränke, Essen, Nachspeise. Fehlt irgendwas? Ich glaube, nicht. Ich stelle mir vor, wie ich mit Marie nach oben gehe, um mit ihr die Nachspeise in meinem Zimmer zu essen. Ich ziehe sie ganz langsam aus, schmiere ein wenig Mousse auf ihre Brüste und schlecke ihr mit meiner Zunge genüsslich die Schokokrem ab …

Die Türklingel schrillt!

Da ist sie. Vor dem Spiegel im Gang bleibe ich noch mal kurz stehen, ein letzter Blick, ich fahre mir schnell durch die Haare und öffne die Tür.

»Hallo, ich bin's.« Marie lächelt mich an und drückt mir einen Kuss auf den Mund. Sie trägt eine graue Jacke und einen schwarzen, langen Rock.

»Hey, du siehst toll aus«, sage ich.

»Danke.«

Ich führe sie zur Garderobe und nehme ihr die Jacke ab. Darunter trägt sie ein kirschrotes Satin-Top. »Darf ich?«

»Heute darfst du.« Marie kichert. Dann dreht sie sich zu mir und wird ein wenig rot. Schämt sich wohl über die Doppeldeutigkeit ihrer Antwort.

»Bitte komm rein.« Ich deute auf das Wohnzimmer und wir gehen beide hinein. Jetzt entdeckt sie den Tisch mit der weißen Tischdecke und den brennenden Kerzen.

»Ui, das sieht ja toll aus!«

Ja, find ich auch. Komme mir vor wie Brad Pitt. Rasch trete ich hinter sie und flüstere ihr ins Ohr: »Alles Gute zum Geburtstag!«

Sie dreht sich um und ich strecke ihr ein kleines Päckchen entgegen.

»Was ist das?«

»Mach's auf.«

Sie entfernt das Geschenkpapier und hält dann eine kleine Schachtel in der Hand. »Also ein Buch oder eine CD ist es schon mal nicht…«

»Da könntest du Recht haben«, sage ich.

Sie nimmt den Deckel weg und zieht einen Armreif heraus. »Oh, der sieht schön aus.«

»Probier ihn mal an, der gehört an den Oberarm.«

»Ich weiß…« Sie macht den Reif um. Er ist aus Silber und hat die Form einer Schlange.

Marie gibt mir einen Kuss auf den Mund. »Danke, er ist wunderschön.«

»Setz dich«, sage ich, gehe zur Musikanlage und schalte die bereits vorbereitete CD an. Es ist ein Klavierkonzert von Mozart, hab mich da von Dad beraten lassen. Dann eile ich in die Küche. »Bin gleich zurück mit dem Essen.«

»Was gibt's denn Leckeres?«

»Lass dich überraschen«, rufe ich aus der Küche.

Zehn Minuten später habe ich meinen Krabbenbecher bereits geleert, trinke mein Glas Champagner aus und schenke mir noch mal ein. Bin nervöser, als ich's mir selber eingestehen will. »Du auch?«, frage ich Marie und schenke ihr erneut ein.

»Nicht so schnell«, sagt sie und will ihr Glas wegziehen. Dadurch stößt sie an die Flasche und bekommt etwas von dem Champagner auf ihr Top.

»Pass doch auf!«, schreit sie und springt auf. »Mein schönes Top!«

»'tschuldige«, murmel ich.

»Das ist ein Top von meiner Mutter.«

»Na komm, ich glaub, Champagner macht keine Flecken«, sage ich, nehme meine Serviette und wische an ihrem Top herum.

Sie dreht sich weg. »Lass, das hat keinen Sinn! Das ganze Teil ist nass.«

»Zieh es halt aus… stört mich nicht.«

Marie verzieht nur ihr Gesicht, findet meine Bemerkung nicht witzig.

»Jetzt wird Mutti aber wieder schimpfen, hm?«, sage ich, und schon im selben Moment bereue ich die Bemerkung.

»Lass meine Mutter aus dem Spiel, sie ist zurzeit sehr nett zu mir. Immer hackst du auf meinen Eltern rum.«

»Tu ich gar nicht.«

»Tust du wohl.« Lustlos stochert sie in ihrem Krabbencocktail herum.

Dann sind wir oben in meinem Zimmer. Ich habe die zwei Schüsseln mit der Mousse mitgenommen und reiche ihr eine. Sie sitzt auf dem Bett. Ich zünde zwei Kerzen an, schalte die Musik ein und lösche das Deckenlicht. Gerade als ich mich zu ihr aufs Bett setzen will, sagt sie: »Ich kann das nicht.«

»Was kannst du nicht?«

Mit verzweifelt hilflosem Gesicht blickt sie mich an.

»Aber... was ist denn, Marie?«

»Ich kann das nicht so auf Knopfdruck.«

»Dann eben nicht«, sage ich, stehe auf und mache das Licht wieder an.

Irgendwie ist heute der Wurm drin. Ich hab das Gefühl, was ich auch mache, es ist falsch. Jetzt beschließe ich, erst mal gar nichts zu machen und nur auf dem Bett zu sitzen. Mal sehen, was dann passiert.

»Ich glaub, mir wird schlecht...« Marie hält sich die Hand vor den Mund, springt auf und läuft ins Badezimmer.

Würgend hänge ich über der Kloschüssel. Himmel, wann hört das nur endlich auf? Ich hab schon kalten Schweiß auf der Stirn, fühl mich total wackelig. Endlich, endlich scheint mein Magen leer zu sein!

Ich öffne das Fenster, atme tief durch. Verdammt, hätte ich bloß diesen Krabbencocktail nicht gegessen! Ich finde dieses Meeresgetier einfach eklig. Kriege ich echt kaum runter! Und ich bin mir ziemlich sicher, dass ich das Daniel auch mal irgendwann erzählt habe. Wie konnte er das nur vergessen? Würde mir nie passieren!

Nur um uns den Abend nicht zu verderben, habe ich ein paar Bissen runtergewürgt. Aber das war ein klarer Fehler, wie man sieht. Scheiße! Ich hasse es, mich zu übergeben. Aber wenigstens ist das Zeug jetzt draußen.

Ich spüle mir den Mund aus, aber den unangenehmen

Geschmack kriege ich davon natürlich nicht weg. Und mir ist immer noch total übel. Ich schaue in den Spiegel. Mensch, seh ich mies aus: das Gesicht totenblass, die Haare hängen wie Spargel, die Wimperntusche ist verschmiert. Na, prima! Natürlich weit und breit kein Wattestäbchen in Sicht, mit dem ich den Schaden beseitigen könnte. Männerhaushalt!

»Kann ich dir helfen?« Daniel klopft gegen die Tür.

»Nein, lass mal, ich komme schon.«

Als ich die Tür öffne, schiebt sich Daniel gerade den letzten Löffel Schokoladen-Mousse in den Mund. Wie ertappt wischt er sich den Mund ab.

»Äh, ich habe deine Portion auch noch verdrückt. Ich dachte, du hast wahrscheinlich keinen großen Appetit mehr…«

»Ja, ja, schon okay! Können wir jetzt über was anderes reden?«

»Entschuldige, komm, leg dich erst mal hin!«

Daniel führt mich zum Bett und schiebt mir fürsorglich ein paar Kissen unter den Kopf. »Geht's dir besser?«

Zärtlich streichelt er über mein Gesicht. »Soll ich deinen Bauch massieren?«

»Mhm…«, ich lege mich flach auf den Rücken, öffne meinen Rock und schiebe das Top ein Stück nach oben. Sanft und gleichmäßig kreist seine Hand über meinem Magen. Tut gut.

Plötzlich fällt mir was ein. »Verdammt, jetzt ist die Pille weg!«

Verwirrt zieht er seine Hand zurück. »Hä? Wieso?«

»Na ja, ich hab sie doch eben sozusagen ausgekotzt!«

Daniel schüttelt den Kopf.

»Aber du hast mir doch erzählt, dass du sie immer morgens nimmst. Dann sind die Wirkstoffe längst im Körper. Da brauchst du keine Angst zu haben!«

Ich stütze mich auf einen Arm und blitze ihn an. »Du machst es dir ja ganz schön leicht, du Medizinexperte! Und ich trage das Risiko ...!«

»Quatsch!«

Daniel steht auf und stellt die Musik ab. »Wenn du Angst hast, können wir auch ein Kondom nehmen. Hab ich kein Problem mit.«

Ich lasse mich zurück in die Kissen fallen. »Ach, mir ist sowieso noch kotzübel!«

»Ist ja super ...!« Daniel steht jetzt am Fenster und starrt nach draußen. Irgendwie sieht er richtig sauer aus und das macht mich aggressiv. Ich kann schließlich nichts dafür, dass mir schlecht ist!

Bevor ich was Entsprechendes sagen kann, dreht er sich um und kommt auf mich zu. »Lass uns nicht streiten! Ist doch albern.«

»Ja, du hast Recht!«

Er nimmt mich in den Arm und wiegt mich sanft, seine Stimme ist leise, zärtlich. »Meine arme kranke Marie ...«

Ich schmiege mich an ihn. Er kann echt so süß sein! So lieb und verständnisvoll. Nach einer Weile lasse ich mich zurück in die Kissen sinken. »Massierst du mich noch ein bisschen?«

»Klar.«

Wieder streichen seine Hände über meinen Bauch. Ich entspanne mich, das Rumoren in meinem Magen wird schon etwas schwächer, aber mir ist immer noch übel. Hoffentlich muss ich mich nicht noch mal übergeben! Plötzlich gleitet Daniels Hand weiter nach unten, schlüpft vorsichtig in meinen Slip. Was soll das denn jetzt? So als hätte sich seine Hand nur verlaufen, schiebe ich seine Finger zurück zu meinem Bauch. Dort kreisen sie ein paar Minuten und wandern dann langsam wieder nach unten...

Jetzt reicht's! Ich setze mich auf.

»Was soll denn das jetzt? Mensch, mir ist total übel, und du fängst an, an mir rumzumachen! Verstehst du nicht, dass ich da jetzt wirklich keine Lust drauf habe?«

Daniel wird ganz rot im Gesicht. »Schrei mich doch nicht so an! Ich habe gedacht, es geht dir schon besser. Ich wollte doch nur vorsichtig...«

Ich ziehe meine Klamotten zurecht und stehe auf. Ich bin plötzlich unheimlich wütend. »Hast du dich derartig darauf versteift, heute mit mir zu schlafen, dass du jetzt nicht umschalten kannst? Ist dir das so wichtig? Auch wenn's mir schlecht geht... Hauptsache, du kommst endlich zum Zuge!«

Ich beiße mir auf die Zunge. Himmel, was rede ich denn da? Ich meine das alles gar nicht so! Bin nur selber total enttäuscht. Stundenlang habe ich mich auf diesen Abend vorbereitet, habe gebadet, mich eingekremt, auf meinem Bett gelegen und mir ausgemalt, wie schön alles sein wird. Und nun...?

»Du spinnst doch wohl!«

Daniel zieht seinen Tabak aus der Tasche und fängt an, sich eine Zigarette zu drehen. Will er etwa rauchen, obwohl mir übel ist?

Ungeduldig schiebt er die Sektgläser zur Seite. »Klar habe ich mich gefreut auf heute Abend – darauf, mit dir zu schlafen! Und ich bin auch verdammt enttäuscht! Na und?«

Wortlos suche ich meine Sachen zusammen, schlüpfe in meine Schuhe, stürze aus dem Zimmer.

»Hey, was ist denn jetzt los?« Daniel kommt hinter mir her.

Vor der Treppe drehe ich mich noch mal um. »Ich gehe, das siehst du doch! Du kannst ja Angie anrufen. Vielleicht hat die heute Abend noch nichts vor!«

Daniel schüttelt den Kopf, sagt nichts mehr. Irgendetwas in mir wünscht sich, dass er mich zurückhält, sich mir in den Weg stellt, mich küsst, mich …

Nichts. Er steht nur da. Schritt für Schritt gehe ich die Treppe hinunter. Verdammt, so kann das doch nicht enden! Das geht doch einfach nicht! Nicht so!

Als seine Zimmertür oben ins Schloss fällt, fange ich an zu weinen. Ich schnappe mir meine Jacke vom Garderobenständer, reiße die Haustür auf und stolpere nach draußen. Kann nicht aufhören zu schluchzen. Bloß weg hier. Bloß allein sein.

So ein Mist! Kann doch kein Mensch ahnen, dass ihr schlecht wird von dem Krabbenzeug. Hätte sie ja auch einen Mucks sagen können, dass sie das nicht verträgt.

Aber mich gleich so anzuschreien und zu beschimpfen. Medizinexperte und Hauptsache, ich komm zum Zuge. Von wegen!

Auf dem Tisch entdecke ich die Champagnerflasche, sie ist noch zu einem Drittel voll. Ich trinke erst mal einen ordentlichen Schluck. Schon lauwarm, das Zeug, aber egal, der wird jetzt leer gemacht.

Warum darf man denn nicht mal sagen, dass man enttäuscht ist? Drei Wochen lang habe ich mich auf den Abend gefreut. Und jetzt so was! Was hab ich denn eigentlich falsch gemacht?

Ich laufe die Treppe runter zum Telefon. Wähle Toms Nummer. Seine Mutter ist dran, Tom ist nicht da, er hat einen Gig im Nachbarort. Ob ich das denn nicht wüsste? Ja, ja, hat er mir gesagt, habe ich einfach vergessen, hab ja schließlich Wichtigeres zu tun gehabt.

Laufe noch mal rauf in mein Zimmer, haue mich in meinen Sessel, schnappe mir das Mankell-Buch und beginne zu lesen. Einmal, zweimal, dreimal denselben Satz. Aber es geht nichts in meinen Kopf rein, meine Gedanken sind woanders. Hat keinen Sinn. Ich bin so aufgekratzt, muss raus hier, irgendwie unter Leuten sein. Blick auf die Uhr, halb elf. Freitagabend, gute Zeit für die Disko.

Genau, ich geh ins *Gypsy*, da ist um die Zeit die Hölle los. Ordentlich einen abraven. Treff ich zwar die halbe Klasse, aber auch egal.

Und was Marie nur immer mit Angie hat? Vielleicht ist sie ja auch im *Gypsy*. Und wenn schon, die will eh nichts von mir. Das bildet sich Marie doch bloß ein. Ich trinke die Schampusflasche leer. Mist, jetzt läuft mir auch noch was aufs T-Shirt, weil das Zeug so schäumt. Ich laufe nach unten, schnappe mir die Lederjacke, den Fahrradschlüssel, und ab geht's.

Das *Gypsy* ist nur zehn Minuten mit dem Rad entfernt. Es gibt zwei Diskos in der Stadt, die andere, das *Rainbow*, ist indiskutabel. Da spielen sie deutsche Schlager aus den 70er-Jahren und die Leute schauen auch so aus.

Das *Gypsy* ist ziemlich voll. Vor der Tanzfläche, in der Nähe des Diskjockeys stehen Body-Bill und Niklas, beide mit 'ner Flasche Bier vor dem Bauch, und blicken gelangweilt durch die Gegend. Ich gehe zu ihnen. Bill spricht mich gleich an.

»War ja aber 'ne kurze Privatfete bei euch beiden, hm?«

Ich verziehe bloß einen Mundwinkel.

»Oder nur 'n heftiger Quicky, was?!«, setzt Niklas hinzu und lacht dröhnend.

Blödmänner! Lasst mich doch in Ruhe, muss nicht auch noch von der Seite eins reingewürgt kriegen. An der Theke bestelle ich mir ein Bier. Ein Typ stößt mich von der Seite an. Ich habe ihn noch nie gesehen, er ist ziemlich groß, hat lange Haare und ist etwa fünfundzwanzig. Er schaut sich kurz um und raunt: »Na, Kleiner, wie wär's mit 'ner kleinen Glückspille? Zehn Euro und du bist dabei.«

Ich winke ab, hab keinen Bock auf Ecstasy. Ich gehe auf die Tanzfläche, stelle mich so dicht wie möglich unter den

Lautsprecher, es läuft ein harter Techno. Der Bass dröhnt so heftig, dass man nicht mehr denken kann. Das tut gut. Ich schließe die Augen, bewege mich im Rhythmus und lasse mich von der Musik voll wummern…

18

*H*appy birthday to you … happy birthday to …«

Dass sie auch jedes Jahr wieder singen müssen! Verlegen stehe ich in der trauten Familienrunde, eingekeilt zwischen meiner Oma und meiner Mutter, und warte darauf, dass sich die allgemeine Aufmerksamkeit endlich von mir weg auf die Torte richtet.

Wie gern hätte ich diese nachträgliche Geburtstagsfeier abgeblasen und mich stattdessen einfach in meinem Zimmer vergraben! Aber das war natürlich unmöglich.

»Das kannst du nicht von mir verlangen, Marie!« Mama war richtig erschrocken. »Oma und Opa freuen sich doch immer so auf unsere kleinen Familienfeste! Außerdem haben sie längst die Fahrkarten gekauft. Die wären tödlich beleidigt, wenn wir sie wieder ausladen!«

Mama ließ den Rührbesen mit der Butterkrem sinken und strich mir leicht über die Wange. »Außerdem tut dir ein bisschen Ablenkung vielleicht ganz gut. Es bringt doch nichts, noch einen Tag so herumzugrübeln!«

Ist ja sowieso alles egal. Ich fühle mich innerlich wie tot, völlig abgestorben. Wie durch eine unsichtbare Milchglasscheibe von den anderen getrennt, hocke ich jetzt hier an der Kaffeetafel, reiche automatisch Zucker, Sahne und Tortenstücke hin und her, beantworte Fragen, deren Sinn ich nicht verstehe, und warte sehnsüchtig darauf, dass dieser Nachmittag vorübergeht. Ich will nur wieder hinauf in mein Zimmer und in Ruhe vor mich hin heulen.

Das Einzige, was mich aus meiner Lethargie reißt, ist das Klingeln des Telefons. Bei jedem Läuten rase ich wie angestochen in die Diele, Herzklopfen bis zum Hals. Und dann jedes Mal die bodenlose Enttäuschung... Daniel meldet sich nicht! Gestern nicht. Und heute auch nicht. Warum ruft er nicht an? Warum schickt er mir nicht mal eine klitzekleine SMS? Warum? Warum? Warum? Und warum melde ich mich nicht? Ich weiß es selbst nicht genau.

Seit vorgestern Nacht, als ich tränenüberströmt nach Hause kam, hatte ich bestimmt ein Dutzend Mal den Hörer in der Hand. Und ein Dutzend Mal habe ich ihn wieder aufgelegt. Dabei hatte ich mir genau ausgemalt, was ich sagen würde: »Daniel, es tut mir so Leid. Ich habe tausend Dinge gesagt, die ich nicht so meinte. Ich ...«

Ach, Scheiße!

Vielleicht hat er wirklich noch Angie angerufen in seinem Frust? Und wenn ich jetzt anrufe oder ihm eine SMS schicke, ist sie bei ihm und lacht sich scheckig über mich!

»Willst du noch ein Stück Mokkatorte?« Schon schwebt Mamas Hand mit dem Tortenschieber über meinem Teller.

»Nein, danke, ich ...«

Das Telefon klingelt.

Ich will aufspringen, in die Diele hechten. Aber ich bleibe sitzen. Starr. Angespannt. Ich spiele ein Spiel: Jedes Mal bin ich hingerannt und wurde enttäuscht. Aber wenn ich jetzt nicht drangehe, wird er es sein! Ganz sicher. Ich balle die Hände zu Fäusten. Ich muss es nur aushalten, zu warten.

Endlich steht Ricky auf und geht an den Apparat. Sie spricht. Scheinbar endlos. Kommt zurück. Ich schaue nicht hoch, starre auf mein Tortenstück, als wäre es ein besonders seltenes, exotisches Insekt.

»Marie, für dich! Es ist Daniel.«

Tatsächlich, es hat geklappt! Fast wäre ich in ein hysterisches Kichern ausgebrochen. Aber ich reiße mich zusammen. Ruhig sein. Cool sein.

So langsam wie möglich gehe ich in die Diele, greife wie in Zeitlupe zum Hörer.

»Marie Färber«, melde ich mich ganz offiziell, als wüsste ich nicht, wer dran ist.

»Ich bin's.«

»Wer?« Ihn ein bisschen schmoren lassen, kann nicht schaden.

»Daniel.«

»Ach, du bist es!«

»Wie geht es dir?« Seine Stimme klingt gepresst.

»Ach ja, ganz gut. Meine Großeltern sind da. Wir trinken grade Kaffee. Du weißt ja, wie so was ist.«

»Mhm. Ist dein Magen wieder okay?«

»Ja doch, alles klar!« Pause. »Und was machst du heute noch so?«

Daniel nimmt einen Zug aus seiner Zigarette. Dieses vertraute Geräusch… Ich sehe ihn genau vor mir. Habe plötzlich solche Sehnsucht, dass ich's kaum ertragen kann!

»Ich geh gleich rüber zu Tom. Er hat ein paar Leute zusammengetrommelt, um zwei seiner neuen Songs zu testen.«

»Ah, toll... und wer kommt noch?«

Ganz unbeteiligt sein, Marie! Ganz cool.

Daniel stößt den Rauch aus. »Keine Ahnung, ich denke, Bill, Steffi, Nils und Angie vielleicht.«

Stich durch die Brust. Schmerz im ganzen Körper. »Na dann, viel Spaß!«

»Marie?«

»Ja?«

»Kann ich später noch vorbeikommen?«

Ich hole tief Luft. »Du könntest auch jetzt kommen.«

»Mit deiner Family Kaffee trinken? Nein, lieber nicht! Außerdem habe ich Tom schon zugesagt.«

»Ach so, verstehe.«

»Aber vielleicht können wir uns danach treffen?«

»Tut mir Leid, das wird mir zu spät! Außerdem möchte ich dir den Spaß nicht verderben. Bleib mal, so lange du willst, bei Tom! Wird sicher tierisch lustig! Tschüss.«

Ich knalle den Hörer auf die Gabel. Der Triumph, das letzte Wort gehabt zu haben, wirkt genau drei Sekunden. Dann folgt das pure Entsetzen. Was ist denn da eben abgelaufen? Das war doch eine Chance, verdammt! Vielleicht unsere letzte! Warum habe ich mich so blöd verhalten? Jetzt ist alles aus. Alles! So ein Mist. Mist. Mist.

Durch die getönte Glastür sehe ich meine Familie an der Kaffeetafel sitzen. Papa läuft jetzt mit einer Cognacflasche herum. Mama verteilt die Schwenker.

Ich kann mich da jetzt nicht wieder reinsetzen, als wäre nichts geschehen. Unmöglich! Ich kann mich nicht länger zusammenreißen. Fast automatisch greife ich zu dem Block auf dem Telefontisch. *Bin bei Sara. Entschuldigt bitte! Marie.*

Ich renne nach draußen, quer über die Straße, laufe und laufe, bis ich vor Saras Haus stehe. Das Auto ihrer Mutter steht nicht in der Garage. Hoffentlich ist Sara da! Noch bevor ich klingeln kann, geht die Tür auf, und sie steht vor mir. Jeansjacke an, Schlüssel in der Hand.

»Wolltest du weg?«

Sie nickt. »Eigentlich schon, aber ... komm erst mal rein!«

Stumm folge ich ihr nach oben, lasse mich auf die linke Seite der kleinen Couch sinken. Mein Stammplatz. Wie oft haben wir hier früher gesessen ... Alles vorbei. Alles kaputt.

Ich fange an zu weinen, vergrabe mein Gesicht in den Händen. Kann kaum aufhören zu schluchzen. Aber schon ist Sara bei mir, zieht meine Hände weg, nimmt mich in den Arm, hält mich. »Ruhig, Marie ... ruhig! Was ist denn los? Krach mit Daniel?«

Ich greife blind nach dem Taschentuch, das sie mir reicht. »Ich wollte ja mit dir nicht mehr über Daniel reden!«

»Ach Quatsch!« Sara gibt mir ein frisches Tempo. »So war das nicht gemeint! Ich hab mich schon interessiert für alles, was mit Daniel und dir war. Ich ... ich habe mich nur zurückgesetzt gefühlt, nicht mehr wichtig, austauschbar.«

Sie schweigt einen Moment. »Mir ging es sehr schlecht nach unserem Streit, weißt du?«

Ich sehe in ihren Augen die alte Vertrautheit.

»Mir auch! Mir ging's auch schlecht. Du bist mir so wichtig, Sara! Da hat auch Daniel nichts dran geändert. Wirklich nicht!« Ich umarme sie und da kommen schon wieder die Tränen.

»Wir kriegen das schon wieder hin, Marie!« Saras Hand streicht über meinen Rücken. »Das mit uns und… das andere auch. So, und jetzt erzähl mal, was passiert ist!«

Ich radle, was die Pedale hergeben. Ich muss jetzt unter Leuten sein. Sofort. Sonst grüble ich noch stundenlang weiter. Der Weg führt hier einen steilen Berg runter, ich geb extra noch ein bisschen Gas. Der kühle Wind tut gut.

Eine Scheißgemeinheit von ihr, einfach den Hörer draufzuknallen! Und ich stehe da wie ein Depp. Wie cool sie am Telefon regiert hat. O Mann, wenn sie mich nun nie mehr sehen will, nur weil ich… Aber hätte sie dann gesagt: Du könntest auch jetzt kommen?

»Hey, pass doch auf, du Arsch!«

Ein wütender Passant springt zur Seite. Hätte ihn beinahe umgenietet. Selber Arsch. Ich radle weiter.

Noch fünfhundert Meter, endlich taucht das Haus von Toms Eltern auf. Vor dem Seiteneingang, der zu dem Proberaum im Keller führt, lehnen vier oder fünf Räder. Ich stelle mein Rad daneben und lausche einen Moment der Musik, die durch das geschlossene Kellerfenster dringt. Das Grundstück von Toms Eltern hat einen großen Garten, liegt allein und abseits, es ist sehr ruhig hier.

Das Musikstück geht zu Ende, ich erkenne Toms Gitarre heraus. Kurzer Applaus, dann ein fröhliches Lachen. Ich lege meinen Finger auf den Klingelknopf, aber dann zögere ich. Was mach ich eigentlich hier? Fröhliche Leute halte ich jetzt nicht aus. Ich würde sowieso nur an Marie denken.

Wieso hat sie mich nicht angerufen? Zwei Tage lang habe ich auf ihren Anruf gewartet. Mindestens fünfmal habe ich den blöden Hörer schon in der Hand gehabt, um selbst zu wählen. Aber ich finde einfach, dass sie jetzt dran ist, sich zu melden. Nach ihrem überzogenen Abgang. Kann ich denn was dafür, dass ihr schlecht geworden ist? Und doch …

Ich höre ein Mädchenlachen. Ist es Steffi, Angie oder Jenny? Egal. Mit einem Mal überfällt mich das schreckliche Gefühl, wenn ich Marie jetzt nicht sofort treffe und sehe und spreche, ist alles aus!

Wie kann ich nur mit dem Menschen, den ich am liebsten habe, wie kann ich nur mit diesem Menschen im Streit liegen? Das ist doch unmöglich! Ich muss das aus der Welt räumen. Ich muss sie sehen, ich muss sie sprechen, ich muss sie küssen. Sofort.

Ich springe auf mein Rad und hetze los. Mir doch egal, ob die halbe Verwandtschaft noch um den Kaffeetisch herumsitzt und dröge Familiengeschichten austauscht.

O Mann, nun muss ich den blöden Berg wieder hochstrampeln. Völlig verschwitzt komme ich bei dem Reihenhaus an. Ich lass mein Rad gegen die Mauer klatschen und drücke sofort heftig auf den Klingelknopf.

Hoffentlich kommt sie selbst an die Tür.

Wieso dauert das denn so lange?

Vielleicht macht die Familie einen Verdauungsspaziergang. Endlich geht die Tür auf. Ihr Vater steht vor mir, in schwarzer Hose und hochgekrempeltem weißem Hemd, sein Gesicht ist leicht gerötet.

»Tag, Herr Färber. Könnte ich bitte mit Marie sprechen?«

Er taxiert mich nicht gerade wohlwollend. »Ach, du bist es, mein Junge. Meine liebe Tochter hat uns bereits vor geraumer Zeit verlassen …«

Hä? Was soll das denn heißen? Wieso redet er so geschwollen daher? »Äh, ja … wo steckt Marie denn?«

»Hier, diesen Zettel hat sie mir hingelegt.«

Bin bei Sara. Entschuldigt bitte. Marie

Er nimmt mir den Zettel wieder aus der Hand. »Ganz schön unverfroren, die Prinzessin. Bei ihrem eigenen Geburtstag so sang- und klanglos abzuhauen, das finde ich nicht gerade die feine Art, sag ihr das mal, mein Junge.«

Und dann dreht er sich wieder weg, schlurft in das Wohnzimmer. Muss sich um seine Gäste kümmern, sagt er.

Ich rufe ihm hinterher: »Übrigens, Herr Färber …«

Er wendet sich noch mal um. »Ja …«

»Ich bin nicht *Ihr Junge.*«

Ohne eine Antwort abzuwarten, drehe ich mich um und werfe die Tür hinter mir zu. Blödmann.

Rauf aufs Bike. Auf zu Sara.

Wenn ich so weiterradle, könnte ich nächstes Jahr Jan Ullrich bei der Tour de France Konkurrenz machen.

Oje, hoffentlich kann ich Marie bei ihrer Freundin loseisen? Hab keine Lust, mich jetzt auch noch mit Sara auseinander zu setzen.

Fünf Minuten später springe ich vom Rad, klingle bei dem Reihenhaus von Saras Mutter. Dann steht Sara vor mir und lächelt mich an.

»Sorry, die Störung«, sage ich. »Ist Marie zufällig bei dir?«

Saras Lächeln wird noch breiter. »Ja, ist sie… aber nicht zufällig.«

Wieso grinst sie so blöd? »Äh… könnte ich sie mal sprechen?«

Plötzlich steht Marie neben Sara, wie aus dem Erdboden gewachsen. »Hallo, Daniel.«

»Hallo… Ich muss mit dir sprechen. Können wir vielleicht woanders…«

»Nicht nötig«, sagt Sara, schnappt sich ihre Jacke vom Haken der Garderobe. »Ich wollte sowieso gerade ins Kino. Meine Mutter kommt erst morgen Abend zurück. Könnt ruhig hier bleiben. Ciao, macht's gut.« Sara geht den Weg entlang und winkt, ohne sich noch mal zu uns umzudrehen.

»Ciao, Sara, und danke…«, ruft Marie ihr hinterher.

Verdutzt wende ich mich Marie zu. »Was ist denn jetzt los?! Hab ich sie irgendwie verprellt, oder was?«

»Nö, schon in Ordnung. Jetzt komm erst mal rein.« Marie nimmt meine Hand, zieht mich ins Haus und schließt die Tür.

Für einen kurzen Augenblick stehen wir uns gegenüber,

Marie hält immer noch meine Hand. Keiner sagt ein Wort, dann reden wir gleichzeitig los.

»Marie, tut mir Leid, dass ich ...«, sage ich.

»Entschuldige bitte, dass ich dich nicht ...«, sagt sie.

Fast ebenso gleichzeitig beenden wir abrupt unsere Sätze. Nach einer Sekunde Stille, als ob wir beide die Luft anhalten, prusten wir los, dann liegen wir uns in den Armen. Und küssen uns. Und halten uns fest.

Endlich. Ein Stein fällt mir vom Herzen.

*I*ch schwebe, fliege, träume, fühle mich so erleichtert, dass ich glatt vom Boden abheben könnte! Daniel drückt mich an sich, küsst mich. Wie ausgehungert pressen, reiben wir uns aneinander. Schon gleiten seine Hände unter mein T-Shirt, über meinen Po ... Ich habe plötzlich so eine Lust auf ihn, dass ich ihn hier auf den Treppenabsatz herunterziehen könnte und ...

Schwer atmend macht sich Daniel los, schaut mich ein bisschen verlegen an. »Wollen wir nicht lieber in Saras Zimmer ...?«

Ich kichere. »Ja, natürlich!«

Ich ziehe ihn an der Hand hinter mir her die Treppe hinauf. Müssten wir nicht eigentlich erst mal reden? Diesen verkorksten Abend klären? Besprechen, was schief gelaufen ist? Aber wenn ich ehrlich bin: Ich habe keine Lust zu reden, ich habe Lust auf Versöhnung! Bin so unglaublich froh, dass Daniel hier aufgetaucht ist! Dass Sara und ich gar nicht erst unseren mühsam erarbeiteten Plan umsetzen mussten.

Kurz bevor Daniel kam, hatte sich Sara nämlich großzügig bereit erklärt, Daniel bei Toms Gitarren-Session herauszueisen und unauffällig zu mir zu lotsen. Was Besseres ist uns nicht eingefallen! Aber noch ein Tag diese Unsicherheit – da wär ich wahnsinnig geworden! Es musste einfach was passieren!

Aber jetzt hat sich ja alles von selber gelöst. Jetzt ist alles gut. Wir sind zusammen. Daniel und Marie. Marie und Daniel.

Ungeduldig zieht mich Daniel auf Saras Bett. Er scheint im Moment auch nicht an großen Aussprachen interessiert zu sein. Ein Glück! Die ersten Kleidungsstücke fliegen wie von selbst zu Boden. Natürlich habe ich heute nicht meine super sexy Unterwäsche an, die Bodylotion liegt zu Hause, die Wimperntusche ist längst weggeheult. Egal. Alles egal! Es kommt nur auf uns beide an! Ich möchte Daniel ganz nah bei mir haben, möchte ihn spüren, möchte...

»Ich möchte mit dir schlafen!«

Hab ich das tatsächlich gesagt? Anscheinend ja. Daniel schaut mich überrascht an. »Hier?«

Ich weiche seinem Blick aus, schaue mich stattdessen so gründlich um, als sähe ich Saras Zimmer zum ersten Mal. Bin schlagartig unsicher. Hält er mich jetzt für hemmungslos oder so was?

»Na ja, Saras Mutter ist nicht da und sie selber wird sich auch Zeit lassen. Da bin ich mir ganz sicher!«

»Ein bisschen komisch ist das schon, oder?« Daniel kratzt sich am Kopf, aber dann grinst er. »Aber warum eigentlich nicht?«

Jetzt bin ich plötzlich die Zögernde. »Hast du die Kondome dabei? Das mit der ausgekotzten Pille ist mir zu unsicher!«

»Hmm, weiß nicht genau!« Daniel springt auf, greift nach seiner Jacke, fasst in alle Taschen. Nichts. Scheiße! Er überlegt. »Damit habe ich nun wirklich nicht gerechnet! Hm, soll ich schnell welche holen?«

Aber da fällt mir plötzlich was ein. Ich wälze mich auf Saras Bett herum und ziehe die oberste Schublade ihrer kleinen Kommode auf.

»Hey, was machst du denn da?«

Meine Hände tasten durch den Wirrwarr in der Schublade. »Ich suche Kondome! Sara und ich haben vor ein paar Monaten mal rumprobiert. Wie die sich so anfühlen. Du weißt schon... Und da müssten noch ein paar da sein.«

Endlich ertasten meine Finger die kleinen Päckchen. Na bitte! Triumphierend halte ich Daniel eines entgegen. »Hier sind sie!«

Ich halte das Päckchen in der Hand, lege es erst mal neben mich. Marie blickt mich erwartungsvoll an, mit einem Lächeln in den Augen. Sie meint es ernst, sie meint es ernst!

Beide haben wir nur noch die Unterwäsche an. Ich umarme sie und öffne den Rückenverschluss ihres BHs, sie hilft mir dabei, dass er leichter runterrutscht, dann streift sie mir mein T-Shirt nach oben. Eng aneinander gekuschelt, liegen wir auf dem Bett. Maries Atem geht nun heftiger, sie rutscht etwas nach oben, um an mein Ohr zu kommen, und flüstert: »Du, heute ist mir überhaupt nicht mehr schlecht…«

Dafür küsse ich sie gleich ganz heftig. Das Zimmer liegt in einem angenehmen Halbdunkel, man sieht alle Konturen, und doch ist es nicht so hell, dass man sich seiner Blöße schämen müsste. Beide haben wir jetzt nur noch unseren Slip an, mein Pimmel ist schon mächtig steif, wir liegen beide auf der Seite und schauen uns an. Marie hat die Augen halb geöffnet, und ich kann einfach nicht aufhören, sie zu küssen. Ihr Atem wird immer schneller. Sie sieht so verdammt sexy aus, wie sie da vor mir liegt. Ich wusste gar nicht, dass der bloße Atem eines Mädchens so erotisch sein kann. Marie liegt auf meinem linken Arm. Mit der rechten Hand streichle ich ihren Rücken auf und ab, verharre bei ihrem Popo und fahre dann langsam mit meiner Hand unter ihren Slip. Ich lasse meine Hand auf einer Pobacke liegen und beginne, sie sanft zu drücken. Nun spüre ich, wie ihre Hand unter meinen Slip gleitet und mit meinem Po dasselbe macht.

Ich versuche ganz vorsichtig, ihr den Slip nach unten zu ziehen. Marie hebt ihr Becken, damit ich ihn weiter runterziehen kann. Ich streife ihn bis zu den Kniekehlen, den letzten Rest macht sie selbst mit ihren Füßen und strampelt den Slip aus dem Bett.

»Komm, du auch…«, haucht sie und zieht meinen Slip ein Stück nach unten.

Wahnsinn, jetzt will sie es wissen. Mein Herz macht einen Sprung, ich könnte schreien vor Glück. Ich streife mir den Slip nach unten und schlüpfe mit den Füßen hinaus. Jetzt liegen wir nackt voreinander und blicken uns an. Marie küsst mich auf die Augen, auf die Nase, dann auf den Mund. Ich mache dasselbe mit ihr. Minutenlang liegen wir in einer Umarmung eng zusammen, mein Pimmel drückt sich pochend an ihren Bauch. Marie löst sich langsam von mir, schaut mir in die Augen und wirft dann einen suchenden Blick auf den Bettrand, wo ich vorhin die Kondome hingelegt habe.

Ich verstehe.

Ich setze mich auf und suche die Packung. Sie liegt am unteren Bettrand. Ich hebe sie auf, nehme einen der verschweißten Gummis heraus und reiße ihn vorsichtig auf.

Hundertmal schon habe ich die Beschreibung gelesen. *Vorsicht: Mit scharfkantigen Gegenständen oder spitzen Fingernägeln könnten Sie das Kondom beschädigen.* Behutsam reiße ich die Packung auf und hole den Gummi heraus. O Mann, er ist schwarz. Marie, die noch liegt, kichert. Jetzt kommt der schwierige Part. *Halten Sie das Reservoir so mit Daumen und Zeigefinger fest, dass dort kein Luftpolster entsteht. Rollen Sie das Kondom vom Reservoir her vollständig über den steifen Penis.*

Auf geht's; schließlich habe ich das Spiel ein paar Mal allein probiert. Die einzige Schwierigkeit war, dass sich der Gummi manchmal nicht abrollen ließ, weil er falsch herum lag. Ich drehe mich ein wenig von Marie weg und stülpe mir das Ding über den Pimmel. Ah, Gott sei Dank, der Gummi lässt sich problemlos abrollen.

Geschafft. Endlich.

Ich lege mich wieder neben Marie. Sie nimmt mich in die Arme und drückt ihren Unterleib gegen meinen. Wir küssen uns, lassen unsere Zungen gegeneinander kreisen. Langsam streiche ich über ihre Brust, berühre vorsichtig die Brustwarze, die sich aufrichtet. Von der Brust streicht meine Hand langsam nach unten über ihren Bauch. Jetzt berühre ich ihren Haaransatz. Ihre Haare da unten sind seidig weich, ich streiche ein paar Mal zärtlich darüber und taste mich weiter in unbekanntes Gebiet vor.

Nun ist es gleich so weit. Was mache ich nur, wenn es ihr wehtut? Wird es furchtbar bluten? Oder vielleicht komme ich gar nicht durch? Werde ich es spüren, wenn ich das Jungfernhäutchen durchstoße? Wird es schmerzhaft sein für sie? Tausend Sachen schießen mir durch den Kopf. Und doch habe ich jetzt nur noch einen Gedanken: Gleich werde ich zum ersten Mal mit einer Frau schlafen!

Mit dem Zeigefinger taste ich mich weiter voran. Hey, Marie ist ganz feucht da unten. Sie stöhnt leicht auf, liegt jetzt auf dem Rücken. Sie fasst mich um meine Hüften, spreizt ihre Beine, will, dass ich mich auf sie lege. Vorsichtig steige ich mit meinen Knien über einen ihrer Schenkel und lege mich zwischen ihre Beine. Ich glaube, mein Pimmel liegt nun genau an der richtigen Stelle.

»Langsam«, sagt sie, »langsam ...«

Wahnsinn, es ist so weit. Hoffentlich komme ich nicht gleich, wenn ich ...

Himmel, gleich wird es passieren! Voller Erwartung küsst Daniel meinen Hals, den Ansatz meiner Brüste, saugt leicht an meinen Brustwarzen. Überdeutlich spüre ich seinen Wunsch, mich zu erregen, mich einzustimmen auf das, was jetzt kommen soll! Und bis vor einer Minute war ich wirklich total hin und weg, konnte mich kaum halten … aber jetzt, wo's ernst wird, habe ich das Gefühl, die Feuchtigkeit in meiner Scheide wird von Sekunde zu Sekunde weniger. Mist! Dabei ist das doch angeblich so wichtig, damit es nicht wehtut!

Im Café habe ich irgendwann mal mitgekriegt, wie sich drei Frauen wahre Horrorgeschichten über ihr erstes Mal erzählt haben. Ein Meer von Blut und Tränen, echt! Irgendwie sind mir diese Storys alle schlagartig präsent, rattern wirr durch meinen Kopf.

Unwillkürlich öffne ich die Augen und begegne Daniels Blick, sehe die gleiche Unsicherheit und Anspannung, die ich selber fühle – und fast schlagartig geht es mir besser! Einen Moment lang umschlinge ich Daniels Körper mit Armen und Beinen, presse ihn ganz fest an mich.

»Ich liebe dich«, sage ich.

»Ich lieb dich auch.«

Er lächelt, bedeckt mein Gesicht mit lauter kleinen, schnellen Küssen. Ich schließe die Augen. Er ist so zärtlich, so wunderbar, so … meine Lust kommt fast blitzartig zurück! Wie von selbst öffnen sich meine Schenkel. Sein Penis ist jetzt an der richtigen Stelle, gleitet weich zwischen den Schamlippen hin und her. Seltsam, dass ich das Kondom kaum fühle... Ich atme schneller, genieße, schön ist das... dieses langsame Reiben...

Aber Daniel drängt weiter, findet die Öffnung und gleitet ein kleines Stück hinein. Langsam, fast automatisch, bewegen wir uns miteinander. Einen Moment lang halte ich den Atem an, dann dränge ich mich ihm weiter entgegen. Daniel versteht und dringt von Mal zu Mal tiefer in mich ein...

Jetzt, jetzt, jetzt!

Ich bin völlig konzentriert, spüre jeden Nerv meines Körpers, auch den leichten Schmerz, der jetzt kommt, wie ein Brennen.

Himmel, er ist tatsächlich in mir... ging so schnell! Verrückt!

Daniel verharrt nur einen Moment, dann bewegt er sich hin und her, wird schneller, sein Atem heftiger, lauter! Und noch bevor ich den neuen Rhythmus seiner Bewegungen erfassen kann, stöhnt er auf, sein Körper spannt sich, dann vergräbt er seinen Kopf an meiner Schulter. Es ist vorbei.

Langsam wird sein Atem ruhiger. Wir sind beide ziemlich verschwitzt, liegen da und halten uns. Ganz still, ganz fest. Noch immer ineinander geschachtelt. »Einssein« schießt durch meinen Kopf. Trifft es schon irgendwie... »Nähe« ist zu wenig dafür.

Meine Hände gleiten über seinen Rücken, seine Hüften, spielen mit den feuchten Haaren in seinem Nacken.

»Entschuldige, ich muss... das Kondom...« Daniel löst sich von mir, greift vorsichtig nach unten, zieht das

Gummiding herunter und packt es rasch in einige Tempos, die neben uns auf dem Bett liegen. Hat er die vorher dahingelegt?

Unauffällig begutachte ich das Bettzeug unter mir. Blutflecken? Nein, anscheinend nicht! Gott sei Dank. Ich wollte noch ein Handtuch drunterlegen, aber dann war es irgendwie zu spät.

Ich lasse mich zurücksinken. Sofort nimmt Daniel mich wieder in den Arm, ganz dicht rücken wir zusammen, kein Millimeter Luft zwischen uns.

Daniel räuspert sich.

»Das ging eben viel zu schnell bei mir. Entschuldige. Ich … ich war einfach derartig aufgedreht …«

Ich lächle ihm zu. »Das war schon okay, dass es … nicht länger gedauert hat.«

»Wie meinst du das?« Eine Spur erschrocken schaut er auf mich herunter. »War es so schlimm für dich?«

»Quatsch«, ich schüttele den Kopf, »es hat nur ein ganz bisschen wehgetan. Ich denke, das ist normal, geht bestimmt bald weg.«

»Hmm … hoffentlich!«

Ich spüre seine Verunsicherung und drücke ihn noch fester an mich. »Ich glaube, mit dem Sex ist es wie mit dem Olivenessen.«

»Wie?« Verwirrt schaut er mich an.

Ich überlege. »Na ja, mochtest du früher Oliven? Ich jedenfalls nicht, aber ich ahnte schon, dass ich sie irgendwann mal total lecker finden würde. Und heute bin ich richtig heiß drauf!«

Daniel grinst. »Du ziehst ja Vergleiche…«

Ich mache es mir in seinem Arm gemütlich, atme seinen Duft ein. Kann mir keinen Platz der Welt vorstellen, wo ich mich wohler fühlen würde. Jetzt und überhaupt und immer.

»Hast du was dagegen, wenn ich…?« Daniel richtet sich auf, will nach seinem Tabak greifen.

»Stopp! Leg dich wieder genauso hin wie eben!«, verlange ich.

Folgsam lässt er sich zurücksinken, nimmt seine alte Position wieder ein. »So?«, fragt er.

Ich schüttele den Kopf. »Der linke Arm lag höher… genau! So ist es richtig.«

»Hmm – und wie lange bleiben wir jetzt so liegen?«

Ich grinse. »Vielleicht für immer?«

Yeah! Ich hab's gemacht! Ich hab's gemacht.

Nur dumm, dass es so schnell ging. Aber als alles so einfach war und Marie mir auch noch entgegenkam, da konnte ich gar nicht anders, es war so ein endgeiles Gefühl, mein Kopf war völlig leer, und dann war es auch schon passiert.

Es ist schön, einfach so mit Marie im Bett zu liegen, zu kuscheln und Löcher in die Wand zu starren. Ich weiß nicht, wie lange wir jetzt schon so liegen, der Arm, auf dem Marie liegt, tut mir ein wenig weh. Ich setze mich auf, die Decke bis zum Bauch gezogen, und lehne mich an die Rückwand. Jetzt möchte ich aber echt eine rauchen. Ich greife zu meiner Lederjacke, die neben dem Bett auf dem Boden liegt, und hole den zerknautschten Tabakbeutel heraus, eine ist schon gedreht. Ich nehme sie heraus und zünde sie an. Ich inhaliere tief und blase langsam den Rauch wieder aus. Ich fühle mich schrecklich gut, wie ein richtiger Mann. Ich strahle Marie an.

»Musst du jetzt rauchen?«, sagt sie.

Wahrscheinlich macht sie sich Sorgen wegen dem Geruch in Saras Zimmer.

»Ja«, sage ich.

Sie schaut mich irritiert an, dann lächelt sie. »Na ... dann gib mir auch eine.«

Ich drehe ihr schnell eine und zünde sie an. Schon beim ersten Zug fängt Marie an, wie wild zu husten. Ich klopfe ihr auf den Rücken.

»Das ist doch der größte Humbug überhaupt«, sagt sie und drückt ihre Zigarette wieder aus.

»Was? – Was meinst du?«

»Na, das mit der Zigarette danach ...«

Ich grinse sie an. Vielleicht hat sie Recht. »Du ...?«

»Hm?«, sagt sie.

»Der ultimative Kick war's nicht für dich, hm?«

»Ne, das nicht, aber ...«

»Aber?«

»Na ja, ich glaub halt, das erste Mal ist oft ein bisschen schmerzhaft und ein bisschen schwierig.«

Nach einer Pause sage ich: »Wir müssen halt noch ein paar Mal üben, hm?«

»Ich glaube auch.«

»So zwei-, dreimal schon noch …«

»Ja, so zwei-, dreihundertmal«, sagt sie und schmiegt sich in meine Armbeuge.

»Zwei-, dreimillionenmal!«